Inge Dillenburger

Ohne Oma geht es nicht

Ein heiterer Familienroman

Bleicher Verlag

CIP-Kurztitelaufnahme der Deutschen Bibliothek

Dillenburger, Inge:
Ohne Oma geht es nicht: Erzählungen aus d. Leben /
Inge Dillenburger. – 1. Aufl. – Gerlingen: Bleicher, 1986.
ISBN 3-88350-390-8

1. Auflage

Gesamtherstellung: Reclam, D-7257 Ditzingen
Umschlag: Buchgestaltung Reichert, D-7000 Stuttgart
ISBN 3-88350-390-8

Inhalt

1. Kapitel:

Keine Oma aus dem Bilderbuch

Die Haustürglocke schepperte. Thea Gregor ließ die letzte Windel in die Waschmaschine fallen, schloß den Deckel und schaltete den Waschgang ein. Dann richtete sie sich auf, massierte mit beiden Händen ihren schmerzenden Rücken und stieg die Kellertreppe empor. Unterwegs trocknete sie ihre Finger an dem Arbeitskittel, den sie über Pullover und Rock trug. In dem schmalen Flur, der die Haustür mit der Küche, dem Wohnzimmer und dem Besucherklo verband, strich sie mit einer Hand glättend über ihre Haare, mit der anderen öffnete sie die Tür. Im Gegenlicht erkannte sie den langen, dünnen Schattenriß einer männlichen Gestalt.

»Ich komme von der Kirchengemeinde«, sagte eine Stimme, der man anhörte, daß sie ans Predigen gewöhnt war.

Mit einer einladenden Geste forderte Frau Gregor den Besucher auf, näherzutreten. Obwohl noch eine Handbreit Platz war zwischen seinem Scheitel und der Türfüllung, zog er den Kopf ein. An der Bewegung erkannte Thea Gregor: Es war der Mann, bei dem sie vorige Woche den kleinen Martin zur Taufe angemeldet hatte.

»Pfarrer Gralange? Wie kommt dieser Glanz in unsere Hütte?«

Mit schiefgehaltenem Kopf sah der Pfarrer auf sie hinunter. Als er ihren fröhlichen Gesichtsausdruck bemerkte, verschwand der pastorale Ernst aus seinen Zügen und machte einem verschmitzten Lächeln Platz. Kritisch sah er an sich hinab, betrachtete seinen abgetragenen Anzug und das rissige Oberleder seiner schwarzen Schuhe.
»Glanz? Ich weiß nicht . . .«
»Ich meinte mehr den unsichtbaren Heiligenschein«, lachte Frau Gregor. »Kommen Sie herein. Was führt sie zu uns?«
Unwillkürlich faltete der Pfarrer die Hände in Taillenhöhe. »Ich besuche alle älteren Gemeindemitglieder an ihren runden Geburtstagen«, sagte er. »Morgen feiert hier die Großmutter ihren siebzigsten. Würden Sie mich bitte zu ihr führen, falls sie noch Besuch empfangen kann?«
Thea Gregor starrte den Pfarrherrn an, als käme er aus einer anderen Welt.
»Ach du grüne Neune!« entfuhr es ihr. »Sie kommen heute schon?«
Hastig streifte sie die Schürze ab, warf sie durch die offenstehende Küchentür auf den Eßtisch und ging vor dem Pfarrer her ins Wohnzimmer.
»Entschuldigen Sie die Unordnung«, sagte sie. »Ich hatte noch keine Zeit, aufzuräumen. In einem Haus mit vielen Kindern . . .«
Wie zur Bestätigung klang Wasserplätschern und Kindergeschrei aus dem oberen Stockwerk des Reihenhauses.

»Meine Tochter badet den Jüngsten und Andreas ist eifersüchtig«, erklärte Thea Gregor. Sie sah dem Pfarrherrn an, daß er kein Wort verstand. Während sie sich auf das abgeschabte Klappsofa setzte, das zwischen der Balkontür und einem wild wuchernden Gummibaum stand, bat sie ihn, Platz zu nehmen. Verlegen trat der Mann von einem Fuß auf den anderen.
»Ein andermal gern«, hüstelte er. »Aber heute gilt mein Besuch der alten Dame.«
»Ich bin die alte Dame, die Sie suchen«, sagte Thea Gregor.
Mit offenstehendem Mund sehen selbst gestandene Seelsorger nicht besonders intelligent aus, stellte sie fest. Erst als sie laut herauslachte, fand der Besucher seine Fassung wieder.
»Sie sind . . .? Sie feiern morgen Geburtstag?« murmelte er.
»Meinen siebzigsten«, nickte Thea Gregor.
»Aber Sie haben vorige Woche . . .«
»Mein jüngstes Enkelkind zur Taufe angemeldet«, ergänzte sie den unvollständigen Satz.
Wortlos sank der Pfarrer in das nächststehende Sitzmöbel.
»Ich war heute noch nicht auf Besuch gefaßt«, sagte Thea Gregor. »Nach dem Frühstück habe ich Kuchen gebacken, weil morgen mein Sohn mit seiner Familie kommt; dann habe ich im Keller die Wäsche in die Maschine gesteckt, damit wir ungestört feiern können. In einer Stunde hole ich Karola und Katrin

aus dem Kindergarten, und um zwölf kommt Eva aus der Schule. Bis dahin hat meine Tochter das Mittagessen gekocht und die kleinen Buben gefüttert; dann bringt sie die beiden zu Bett, während Evchen und ich abwaschen. Um halb zwei begleiten wir die Mädels in den Kindergarten. Dann kann ich mich ausruhen, während Eva mit ihrer Mutter Hausaufgaben macht. Nachmittags gehen wir oft zusammen in den Favoritepark oder auf den Spielplatz im Blühenden Barock. Jochen hat seine Lehre beendet und arbeitet in der Schweiz als Gärtner. Stefan, der Älteste, ist beim Bund.«
Pfarrer Gralange starrte auf den Gummibaum, ohne ihn wahrzunehmen. Geistesabwesend hob er die rechte Hand vor sein Gesicht und tippte mit dem linken Zeigefinger nacheinander auf alle fünf Fingerspitzen. Kopfschüttelnd erkannte er, daß sie nicht reichten; also zählte er an der linken Hand weiter. »Zwei kleine Buben, zwei Kindergartenmädchen, Eva, Jochen, Stefan, Vater und Mutter – neun Leute! Ist das alles *eine* Familie?«
»Sie haben *mich* vergessen – die Oma fürs Gröbste!« lachte Thea Gregor. »Wir sind zehn.«
Der Pfarrer schlug sich an den Kopf.
»Die vierte – nein, die sechste Großfamilie in meinem Sprengel! Wie kommt es, daß ich nichts davon weiß?«
»Ganz einfach«, antwortete Thea Gregor. »Bergers sind erst letztes Jahr hierher gezogen – und ich vorigen Monat, kurz vor Martins Geburt. Von Berlin

nach Ludwigsburg – freiwillig! Nach vierzig Jahren in der früheren deutschen Hauptstadt lebe ich jetzt im schwäbischen Potsdam und fühle mich wohl dabei.«
»Wo es mir gut geht, da ist mein Vaterland«, zitierte Pfarrer Gralange.
Thea Gregor richtete sich auf. »Ein saudummes Sprichwort«, platzte sie heraus. »Verzeihung, aber solche Verallgemeinerungen mag ich nicht. Ich bin im Elsaß geboren und habe mit meinen Eltern und Geschwistern in halb Europa gewohnt – mal drei Jahre an einem Ort, mal sechs, je nachdem wohin mein Vater versetzt wurde. Ob es uns gut ging oder nicht, das war nicht entscheidend: zuhause war da, wo die Familie war. So habe ich es bis heute gehalten. Als meine Tochter ihr fünftes Kind erwartete und mir sagte: Ich kann nicht mehr, ich schaffe es nicht – da gab ich in Berlin eine sichere Existenz auf und kam zu ihr. Mein Schwiegersohn hat mir unterm Dach dieses Hauses ein Zimmer ausgebaut. Wenn die Enkel größer sind und meine Tochter mich nicht mehr stündlich braucht, suche ich mir in der Nähe eine Wohnung. Dann kann sie mich rufen, wenn's brennt, und sonst haben die jungen Leute vor mir Ruhe.«
Der Pfarrer glättete mit den Fingerspitzen die Falten auf seiner Stirn.
»Andere Leute setzen sich in ihrem Alter zur Ruhe . . .«
Thea Gregor hob die Augenbrauen. »Erstens bin

ich nicht ›andere Leute‹«, bemerkte sie. »Zweitens habe ich mein ganzes Leben lang gearbeitet; warum sollte ich damit aufhören, bloß weil ich nach dem Kalender siebzig werde? Wie heißt es im 90. Psalm? Und wenn es köstlich gewesen ist . . .«
». . . dann ist es Mühe und Arbeit gewesen«, ergänzte der Pfarrherr.
»Genau«, sagte Thea Gregor. »Kommen Sie in zehn Jahren wieder, dann reden wir über Ruhestand und Lebensabend, vielleicht. Jetzt genieße ich meinen Herbst.«
»Wenn dieses Ihr Herbst ist – worin unterscheidet er sich vom Sommer ihres Lebens?« fragte der Besucher.
Thea Gregor stützte die Ellenbogen auf ihre Knie und barg Kinn und Wangen in den Handflächen.
»Lassen Sie mich nachdenken«, sagte sie. »Habe ich überhaupt einen Sommer gehabt? Hungerjahre und Inflation nach dem ersten Weltkrieg; Arbeitslosigkeit während der Weltwirtschaftskrise 1930; das Fiasko meiner Ehe; wieder Krieg und Bombennächte – und Arbeit, um meine beiden Kinder aufziehen zu können. Immer am Rande des Existenzminimums, bis die Kinder auf eigenen Füßen standen. Als beide verdienten, mieteten wir eine große Wohnung und ich nahm Rentnerinnen auf. Nachdem die Kinder aus dem Haus waren, wurde daraus ein privates Altersheim. Auf die notwendigen Prüfungen hatte ich mich in Abendkursen vorbereitet. Unsere treue Klara aus Thorn, die im Haus meiner Eltern

gekocht hatte, kam als Wirtschafterin zu mir. Endlich war ich selbständig, nicht mehr von den Launen irgendeines Vorgesetzten abhängig. Mein Sohn ging nach Bonn, und meine Tochter heiratete nach Gütersloh. Klara und ich . . .«
»Langsam!« stöhnte der Pfarrer in gespielter Verzweiflung. »Wenn Sie im Zeitraffertempo erzählen, komme ich nicht mit. Ihr Leben ist ja spannender als ein Roman.«
»Darauf können Sie Gift nehmen!« lachte Thea Gregor. Nach einer Pause fuhr sie fort: »Wenn Sie meine Geschichte hören wollen – wo soll ich anfangen? Siebzig Jahre sind eine lange Zeit. Meine Jugend und die Kriege liegen weit zurück, das war eine andere Welt. Ich werde mit der Zeit beginnen, als meine Kinder selbständig wurden, ja?«
Der Pfarrer nickte und Oma Gregor fing an, in ihrer Erinnerungskiste zu kramen. Sie ließ sich nicht von ihrer Tochter stören, die zum Essen rief, auch nicht von hereinplatzenden Enkelinnen, die eine Weile zuhörten und sich wieder verzogen. Als der Pfarrer kam, schien die Sonne durchs Wohnzimmerfenster; als er sich verabschiedete, dämmerte es draußen. Auf dem Heimweg wurde ihm klar, daß er einen ungewöhnlichen Siebziger-Besuch hinter sich hatte: Keine Oma aus dem Bilderbuch mit Strickstrumpf und Märchengeplauder. Frau Gregor hatte so plastisch erzählt, daß ihm war, als sei er dabeigewesen – damals . . .

2. Kapitel:

Schlimmer als ein Sack voll Flöhe

Der silbergraue Sportwagen rollte die abschüssige Einfahrt hinab und prallte gegen die geschlossene Garagentür. Das Splittern der Holzlatten klang, als ob ein Riese mit den Zähnen knirschte. Der blonde junge Mann, der im Beifahrersitz saß, schlug mit den Fingerknöcheln gegen seine Stirn.

»Typisch Babsi«, knurrte er. »Vergißt am Hang zu bremsen!«

Barbara verzog den Mund. »Warum klopfst Du auf Holz?« fragte sie schnippisch. »Bist Du abergläubisch?«

»Willst Du damit andeuten, ich hätte einen Holzkopf?« erkundigte sich ihr Partner.

Statt einer Antwort runzelte sie die Brauen und sah ihn mißbilligend an. Sie wußte nicht, auf wen sie wütender war – auf ihn oder auf sich selbst.

»Wenn Blicke töten könnten!« sagte der Mann. Er stieg aus dem Wagen und besah sich den Schaden.

»Stoßstange verbogen, der Kotflügel hat eine Delle und das Garagentor ist hin«, stellte er fest. »Hoffentlich bist Du versichert.«

»Vollkasko«, warf sie lässig hin. »Solange mein Vater das Auto bezahlt, kann ich mir solche Bagatellschäden leisten.«

»Aber ich nicht«, entgegnete er. »Wenn meine Schwester das kaputte Garagentor sieht, zerreißt sie mich in der Luft.«
»Dieser Besuch war Deine Idee«, sagte Babsi. »Ich wäre lieber direkt nach Sizilien gefahren, aber Gerd mußte ja unbedingt die liebe Verwandtschaft besuchen!«
Gerd Gregor warf den Kopf in den Nacken.
»Amelie ist nicht irgendwelche Verwandtschaft«, rief er. »Es ist meine Schwester, und ich habe sie seit ihrer Hochzeit noch nicht wieder gesehen.«
Abwehrend hob Barbara beide Hände. »Ich bin ja schon still«, sagte sie. »Man wird wohl einen Spaß machen dürfen.«
»Babsi, der Witzereißer – wie ungewohnt!« spottete Gerd. »Gib nur acht, daß Du bei Amelie und ihrem Mann keine Bauchlandung machst. Hannes ist um eine trockene Antwort nie verlegen.«
Im vierten Stock des Miethauses, an das die zerstörte Garage angebaut war, flog ein Fensterflügel auf. Gerd lehnte sich mit dem Rücken gegen die Garagentür, um die zersplitterte Stelle zu verdecken. Eben noch rechtzeitig gelang es ihm, sein Gesicht in heitere Falten zu legen.
»Willkommen, ihr Weltenbummler!« rief eine Frauenstimme von oben herab.
»Hallo, Schwesterherz!« schrie Gerd zurück. »Wir sind da.«
»Das war kaum zu überhören«, lachte Amelie. »Eure Ankunft glich einem mittleren Erdbeben.«

Gerd hob Hände und Schultern in einer mitleidheischenden Gebärde.
»Tut mir leid«, rief er. »Vor lauter Wiedersehensfreude hat Babsi vergessen zu bremsen.« Er trat zur Seite und zeigte auf das Loch in der Garagentür.
»Na, wunderbar!« strahlte Amelie. »Da hat Hannes was zu tun. Die Garage gehört dem Hauswirt. Hannes wird sie für Euch richten, das kommt billiger. Er ist nur glücklich, wenn er was zu basteln hat.«
Barbara, die im Auto sitzen geblieben war, beugte sich aus dem heruntergekurbelten Fenster und sah ihrem Freund von unten her ins Gesicht.
»Was hat sie gesagt?« fragte sie halblaut. »Hat sie wirklich ›na wunderbar‹ gesagt? Wenn mir jemand was kaputtfährt, fluche ich, aber sage nicht ›na wunderbar‹!«
»Du bist nicht Amelie«, meinte Gerd und half Babsi beim Aussteigen. Während die Wagentür zuklappte, hörten sie im Haus Rufe: »Kinder, macht Onkel Gerd die Türe auf!«
Als Antwort ertönte ein Schrei: »Er ist da! Er ist da!«
Sekunden später kamen zwei Jungen aus der Tür gerannt. Der jüngere hatte strubbelige braune Haare und fragende blaue Augen. Er stürmte auf Gerd zu, der in die Knie ging, um ihn aufzufangen. »He Jochen, schmeiß mich nicht um«, rief er während der stürmischen Begrüßung.
Der Ältere, ein ernst blickender, breitschultriger

Zwölfjähriger, blieb auf der obersten Treppenstufe stehen und sah Barbara an.
»Wer sind Sie?« fragte er, ohne sein Gesicht zu verziehen.
»Ich bin die Freundin Deines Onkels«, antwortete sie.
Auf der Stirn des Jungen erschien eine senkrechte Falte.
»Er ist nicht mein Onkel, sondern der Bruder von Vaters Frau«, sagte er abweisend. »Wir haben schon genug Fremde im Haus.«
»Babsi ist keine Fremde, Stefan«, warf Gerd ein, »Du kannst ruhig du zu ihr sagen.«
»Das ist meine Sache«, entgegnete Stefan. Er drehte sich um und ging ins Haus zurück. Barbara sah hinter ihm her. Sie mußte erst einmal tief Luft holen, bevor sie ihre Sprache wiederfand. »So ein Flegel«, zischte sie. »Was bildet der sich eigentlich ein?«
»Das erkläre ich Dir später«, schnaufte Gerd, außer Atem vom Gerangel mit Jochen. »Befreie mich lieber von diesem wilden Knaben.«
Barbara hob die Schultern. »Das ist dein Problem, nicht meins«, erklärte sie fast ebenso schnippisch wie vorher Stefan. Gerd machte sich aus der Umklammerung der kleinen Arme frei, packte Jochen um die Taille und trug ihn zum Haus. Der Junge stieß mit den Füßen und brüllte: »Runter! Ich will runter!« Aber Gerd hielt ihn fest und setzte ihn erst auf den Treppenstufen ab. Gemeinsam verschwanden sie in der Türöffnung.

»Und wer küßt mich?« fragte Barbara. (Da niemand ihre Frage hörte, blieb sie zunächst unbeantwortet.) Kopfschüttelnd folgte sie den anderen. Im Treppenhaus suchte sie nach einem Fahrstuhl, fand aber keinen. Leise schimpfend kletterte sie die Steintreppe hinauf ins vierte Stockwerk. Auf einem der Klingelknopfschilder las sie den Namen BERGER. Die Wohnungstür war offen. Also verzichtete Barbara aufs Läuten, betrat die Diele und sah sich um. Rechts an der Wand hing eine zweistöckige Garderobe, die oben mit Jacken und Mänteln, unten mit Kinderanoraks, gelben Regenjacken und Jeanswesten beladen war. Auf einem halbhohen Schuhschrank türmten sich Mützen, Handschuhe und Schals. Über dem Schränkchen hing ein Spiegel, der an den Ecken blind war. Daneben führte eine Tür in die Küche, in der viele Menschen durcheinander sprachen – laut und leise, aber mehr laut. Barbara zog den Kopf ein und drückte sich ungesehen vorbei. Durch einen Rundbogen, der den Flur an der Schmalseite beschloß, betrat sie ein spärlich möbliertes Zimmer, dessen Balkontür angelehnt war. Obwohl auf dem Teppich Rollschuhe, Federballschläger und Bücher umherlagen, diente dieser Raum offensichtlich als Wohnzimmer. Sorgsam hob Barbara ihre Füße, um über das Spielzeug hinweg eine der beiden Liegen zu erreichen, die übereck an den Wänden standen.

»Heil'ge Ordnung, segensreiche Himmelstochter!«

zitierte sie, ohne zu wissen, woher das Zitat stammte.
»Ordnung und Ordnung sind zwei Paar Stiefel«, sagte Amelies Stimme hinter ihr. Barbara fuhr herum und wollte sich entschuldigen. Aber ein Blick überzeugte sie, daß Gerds Schwester nicht beleidigt war: Sie streckte Barbara die Hand entgegen und begrüßte sie herzlich.
»In einem Haushalt mit Kindern sieht es nicht aus wie in einer Wohnung von Erwachsenen«, erklärte sie. »Unsere Gäste müssen das einsehen – oder fortbleiben.«
»Uff!« machte Barbara. »Das saß!«
»Wieso?« fragte Amelie und riß die Augen auf. »Habe ich Dich gekränkt?«
Barbara lächelte süßsauer. »Nein«, sagte sie, »eigentlich nicht. Aber so deutliche Sprache bin ich nicht gewöhnt.«
Lachend warf Amelie den Kopf in den Nacken.
»Ich habe Euch erst vor sechs Monaten verlassen – und schon seid ihr in Berlin zu Mimosen geworden? Empfindlichkeit kann ich mir nicht leisten; mit Drumherumreden und höflichem Getue geht man in dieser Familie unter.«
»Das glaube ich dir unbesehen!« nickte Barbara. »Mir würde es nicht im Traum einfallen, einen Witwer mit Kindern zu heiraten.«
Amelie wurde ernst. »Ich versuche, seinen Kindern die Mutter zu ersetzen. Es ist nicht immer leicht.«
»Stefan wollte mich nicht ins Haus lassen, weil schon

genug Fremde da seien – meinte er dich damit?« erkundigte sich Barbara.
Amelie nickte. »Ihre Mutter nannten sie Mammi, Jochen ruft mich Mutti. Aber Stefan tut nicht mit. ›Ich will keine andere Mutter‹ hat er geschrien, als Hannes ihm sagte, daß wir heiraten würden. Ich gebe mir alle Mühe mit dem Jungen, aber es reicht nicht. Er lehnt mich ab. Vielleicht wird es besser, wenn unser Kind zur Welt kommt.«
Sie legte beide Hände auf den bestickten Kittel, unter dem sich ihr Bauch wölbte.
»Ihr seid ja verrückt!« rief Barbara entsetzt.
»Verrückt? Wieso? Wir lieben Kinder«, sagte Amelie. »Bevor wir zum Standesamt gingen, habe ich meinem Mann gesagt, daß ich auch selber welche haben möchte. Er hatte nichts dagegen.«
Barbara starrte auf Amelies Bauch. »Ihr habt keine Zeit versäumt«, stellte sie fest.
Die werdende Mutter lachte ihr ins Gesicht.
»Richtig!« sagte sie. »Was du tun willst, das tue gleich – ist einer meiner Grundsätze! Ich bin 28, höchste Zeit fürs Kinderkriegen.«
»Andere Leute halten schon zwei für eine Zumutung«, entgegnete Barbara.
Amelie zog die Schultern hoch. »Meine Mutter sagt in solchem Fall: wir sind nicht andere Leute«, meinte sie. »Und jetzt entschuldige mich bitte, ich muß in der Küche nach dem rechten sehen. Wenn ich Gerd von Jochen loseisen kann, werde ich ihn herüberschicken.«

Kurz nachdem Amelie das Wohnzimmer verlassen hatte, erschien Gerd unter dem Rundbogen. Offenbar hatte er es nicht fertiggebracht, den Jungen abzuschütteln. Jochen lief hinter ihm her und ließ sich neben seinem Onkel auf die altersschwache Liege fallen.
»Babsi, darf ich Dich mit Jochen bekanntmachen?« sagte Gerd. »Stefan hat sich zurückgezogen und weigert sich, zu uns zu kommen.«
»Ich weiß«, sagte Barbara, »Amelie hat mich eingeweiht.«
»Meine Schwester ist eine tolle Frau«, erklärte Gerd. »Toll in doppeltem Sinn: großartig – und verrückt.«
Barbara nickte. »Ich bin fast in Ohnmacht gefallen, als ich sah, daß sie ein Kind erwartet.«
Gerd zog hörbar die Luft durch die Nase. »Sie hat weder Mutter noch mir ihr *süßes Geheimnis* verraten«, schmollte er. »Amelie war schon immer gut für Überraschungen: Als Kind züchtete sie Zwerghasen und Meerschweinchen in ihrem Zimmer. Es stank wie in einem Raubtierhaus, aber sie war glücklich zwischen all dem Viehzeug.«
»Ich mag Hasen«, warf Jochen ein. »Mein erstes Tier war eine Schildkröte, Jonathan hieß sie, die hat im Keller überwintert und im Frühjahr war sie tot. Dann hatte ich zwei Tanzmäuse, die haben sich unheimlich vermehrt und ich hab sie dem Zoogeschäft verkauft, wo ich sie her hatte. Onkel Gerd, schenkst du mir ein Kaninchen?«

Barbara sackte in dem Sofa zusammen, streckte die Beine aus und ließ ihre Hand über dem Teppich hin und her pendeln. Ihr Seufzer klang, als ob aus einem Fußball die Luft entweicht. »Ich wußte nicht, daß Kinder so penetrant sein können«, stöhnte sie.
»Penne-Tran, ist das was zum Essen?« erkundigte sich Jochen.
Barbara drückte beide Hände auf die Ohren.
»Nein!« rief sie, »nicht schon wieder!«
»Reg dich nicht auf«, mahnte Gerd. »Du weißt, was unser Psychologie-Lehrer uns gepredigt hat: Man soll Kindern alle Fragen ruhig und sachlich beantworten.«
»Ich weiß, was Plüscho-legie heißt: Das sind die weichen Kuscheltiere«, behauptete Jochen.
Barbara warf Gerd einen Blick zu, der deutlicher als Worte sagte, was sie dachte. Sie stand auf, stieg betont vorsichtig über die herumliegenden Spielsachen und murmelte »Viel Vergnügen«. Dann verließ sie den Raum.
Amelie fing sie auf dem Flur ab. Durch die angelehnte Küchentür hatte sie die Unterhaltung mitangehört. Während sie sich die Finger an einem grauen Küchenhandtuch trockenrieb, sagte sie: »Wenn man nicht daran gewöhnt ist, können Kinder einen ganz schön fertig machen. Schlimmer als ein Sack voll Flöhe. Ich hatte keine Erfahrung mit Kindern: nach der Schule die Berufsausbildung, jahrelang im Beruf – und dann von heute auf morgen Hausfrau und Mutter! Das ist wie ein Sprung vom Dreimeter-

turm, ohne daß man weiß, ob Wasser im Schwimmbecken ist. In solchem Fall nützen Theorien wenig. Man springt und schwimmt – oder man bricht sich den Hals.«

»Du hast es geschafft?« Barbaras Bemerkung klang wie eine Feststellung, nicht wie eine Frage.

Amelie strahlte sie an. »Vielen Dank für die Blumen! Die Hälfte davon gehört meinem Mann. Ohne Hannes hätte ich nicht gewagt, die beiden Jungen zu übernehmen. Aber nach einem halben Jahr kann man noch nicht wissen, ob der Sprung ins kalte Wasser geglückt ist. In zwei Jahren, wenn Jochen so alt ist wie Stefan heute, weiß ich mehr.«

»Was weißt Du dann?« fragte eine rauhe Jungenstimme. In der Tür, die zum Elternschlafzimmer führte, stand Stefan und starrte seine Stiefmutter an. Amelie lächelte ihm zu.

»Dann weiß ich, welchen Beruf du lernen willst und ob Jochen uns in der Schule so viel Freude macht wie du«, sagte sie.

»Dir will ich keine Freude machen«, knurrte Stefan.

»Ich weiß«, sagte Amelie. »Wenn dein Vater Freude an dir hat, reicht es für mich mit.«

»Ich will essen«, erwiderte Stefan. Ohne die beiden Frauen eines Blickes zu würdigen, ging er in die Küche.

»Geht das immer so?« fragte Barbara leise.

»Nein«, antwortete Amelie, »er ist selten aggressiv. Meistens leben wir wortlos aneinander vorbei. Aber nachher beim Ostereierfärben ist er dabei. Du wirst sehen, dann ist er ganz Kind, ganz Ältester, ganz Vorbild.«

»Himmel!« stöhnte Barbara. »Sind alle Kinder so schwierig?«

»Stefan hing sehr an seiner Mutter«, sagte Amelie. »Er hat immer geglaubt, sie käme irgendwann einmal wieder. Durch unsere Heirat mußte er diese sinnlose Hoffnung begraben – darüber kommt er nicht hinweg. Weißt du, Babsi, erst wenn man selber Kinder großzieht, bekommt man Verständnis für ihre Nöte.«

»Und für die Nöte der Eltern«, ergänzte Barbara. »Schon vor über zweitausend Jahren beklagte sich Sokrates über die aufmümpfige Jugend – das Thema ist also nicht neu.«

»Wo ist die Leberwurst?« schrie Stefan.

Amelie blinzelte Barbara zu. Ihr Lächeln mißlang. Wortlos wandte sie sich ab und verschwand in der Küche.

Babsi kam sich überflüssig vor. In ihre Bewunderung für Amelie mischte sich Mitleid – und eine Wut, die sie selbst nicht verstand. Sie schlug mit der Faust in ihre flache Hand und hatte Mühe, einen Fluch zu unterdrücken.

3. Kapitel:

Schreck in der Morgenstunde

Im Briefkasten steckte ein Brief mit italienischen Marken. Thea Gregor zog ihn aus dem Stapel der anderen Post heraus und hielt ihn unter die Hängelampe im Flur. Auch ohne Brille erkannte sie die Handschrift ihres Sohnes. Sorgfältig löste sie das zugeklebte Dreieck auf der Rückseite des Umschlags und holte den Briefbogen heraus. Um die engbeschriebenen Seiten entziffern zu können, nahm sie ihre Brille aus der Handtasche und setzte sie auf. Während sie mit den Augen die Zeilen überflog, knöpfte sie mit der linken Hand mechanisch ihren hellen Mantel auf. Sie kam gerade aus der Apotheke und hatte Mühe, sich auf den fröhlichen Urlaubston ihres Sohnes einzustellen.

»Liebe Mutti«, schrieb er, »herzliche Grüße vom Mittelmeer. Hier ist es heiß, laut, übervölkert und überautot. Der Strand besteht nicht aus Sand, sondern aus Kieselsteinen von Faust- bis Kinderkopfgröße. Aber das Wasser ist klar, durchsichtig bis auf den Grund. Mit Gummisandalen an den Füßen staksen wir über das Geröll und lassen unser Schlauchboot zu Wasser. In der sanft dümpelnden Dünung läßt es sich aushalten – den Sonnenbrand merkt man erst hinterher. Nachts schlafe ich auf dem Bauch; mein Rücken fühlt sich an wie ein Brennesselbeet.

Vorigen Sommer in Irland konnten wir nicht baden – wenn ich an die kalten Atlantikwellen denke, kriege ich eine Gänsehaut. Aber die Gegend war menschenleer und auf den schmalen Straßen überholte man mehr Schafe als Autos. Dort galt noch das Dichterwort: Die Welt ist vollkommen überall, wo der Mensch nicht hinkommt (Schiller, Braut von Messina, 4. Akt, 7. Szene – es lebe mein alter Deutschlehrer!) . . .«

Frau Gregor ließ den Brief sinken. Gedankenverloren hängte sie ihren Mantel in die Garderobe, legte Brief und Handtasche auf die bemalte Bauerntruhe neben der Eingangstür und sortierte die anderen Briefe, gebündelten Zeitschriften und Drucksachen. Fast gleichzeitig gingen mehrere Türen auf.

»Ist etwas für mich dabei, Schwester Thea?« fragten drei Stimmen – eine im Fistelton, eine melodische, eine im Baß.

»Einen Moment, ich schaue gleich nach«, sagte Frau Gregor. »Hier ist Ihre Illustrierte, Fräulein Articus. Ein Brief von Ihrer Tochter, Frau Klenk. Für Sie ist leider nichts dabei, Frau von Rütli; die restliche Post ist für die anderen Damen.«

Fräulein Articus, eine grauhaarige ehemalige Lehrerin, griff nach ihrer Zeitung wie eine Ertrinkende nach dem Rettungsring. Ihre Nachbarin riß den Umschlag ihres Briefes so ungestüm auf, daß Papierfetzen auf den Boden fielen; sie schob sie mit dem Gummifuß ihres Spazierstockes beiseite und begann zu lesen, während sie in ihr Zimmer zurück-

schlurfte. Die dritte, eine stark geschminkte Hutzelfrau, wimmerte mit ihrer gebrochenen hohen Stimme: »Vergessen! O undankbare Welt! Was blieb mir vom Ruhm? Nichts als Einsamkeit! Ach!«
Sie warf ihre knochigen Arme in die Luft und bedeckte die schütteren, rostrot gefärbten Haare auf ihrem Kopf mit beiden Händen. Mit sanfter Gewalt schob Thea Gregor die ehemalige Tänzerin zurück in ihre Stube.
»Lesen Sie Ihre Verehrerpost«, schlug sie vor. »Die Schubladen sind voll davon.«
Die Alte richtete sich auf und piepste: »Ah! Ein Dutzend Männer haben sich meinetwegen duelliert. Die Briefe! Ja! Sie lesen sie vor, alle! Ja? Das tun Sie für mich.«
Sie krallte sich am Arm ihrer Betreuerin fest, ihre langen spitzen Fingernägel drangen durch den Stoff der Bluse bis auf die Haut. Sanft machte Frau Gregor sich frei. Sie drückte die Patientin in einen durchgesessenen roten Plüschsessel, der unterm Fenster stand – das einzige Möbelstück, das vom Boudoir der Primaballerina übrig geblieben war. Dann zog sie eine Kommodenschublade auf, die von Papieren überquoll. Wahllos griff sie einen Zettel heraus und deklamierte, ohne darauf zu schauen: »Verehrte! Einmalige! Wie eine Schnecke schleicht der Tag! Ich lebe erst, wenn der Vorhang aufgeht und Sie . . .«
Wie erwartet war die Alte im Sessel eingeschlafen. Frau Gregor breitete eine Decke über ihre Knie

und öffnete das Fenster. Frau von Rütli – sie bestand darauf, mit ihrem Künstlernamen angeredet zu werden, eigentlich hieß sie Elsa Matschke – war für eine Weile versorgt. Ihr großer Auftritt, der sich jeden Morgen wiederholte, hatte ihre Kräfte erschöpft.

Frau Gregor zog die Tür hinter sich zu und kreuzte die Diele, um die mitgebrachte Medizin aus ihrer Handtasche zu holen. Da sah sie Gerds Brief, den sie noch nicht zu Ende gelesen hatte. Ich habe jetzt keine Zeit, dachte sie, nachher mache ich mir eine Tasse Tee und genieße ihn in Ruhe. Sie betrat das nächste Zimmer, ohne zu klopfen. Frau Görlitz war taub; sie saß, wie immer, am Biedermeierschreibtisch und brachte mit gezirkelter Handschrift einen ihrer endlosen Briefe zu Papier. Als Frau Gregor das vom Arzt verschriebene Schlafmittel vor sie hinstellte, hob sie den Kopf. Ihren Zügen sah man an, daß sie einmal sehr schön gewesen sein mußte.

»Guten Morgen«, sagte sie, »welch herrlicher Tag! Heute früh habe ich die Sonne über den Dächern aufgehen sehen. Unbeschreiblich! Sie bringen meine Medizin? Alle Medikamente sind Versuche am untauglichen Objekt. Ich werde blind, dagegen sind die Ärzte machtlos. Bisher konnte ich noch Kontakt halten mit der Welt, lesen und schreiben. Wenn das nicht mehr geht, ist Schluß. Einen Körper hat jedes Tier, erst der geistige Austausch macht uns zu Menschen. Wenn es soweit ist, helfen Sie mir, nicht wahr, Schwester Thea?« Frau Görlitz wartete die

Antwort nicht ab, sondern beugte sich wieder über ihre Schreibarbeit.
Thea Gregor legte die Medikamente zu den anderen in der Schublade des Nachttisches, der am Kopfende des hochbeinigen Holzbettes stand. Im Unterbewußtsein registrierte sie, daß die meisten Schachteln und schraubdeckelverschlossenen Phiolen ungeöffnet waren. Einen Augenblick lang fühlte sie die Versuchung, in die Bibel hineinzuschauen, die aufgeschlagen neben der Nachttischlampe lag, aber dann sah sie das ungemachte Bett, zog das Bettzeug glatt und legte eine Tagesdecke darüber. Leise schloß sie die Tür; Frau Görlitz war, wie die meisten tauben Menschen, sehr empfindlich gegen harte Erschütterungen.
In der offenen Küchentür wartete eine blasse Frau mit grauem Haardutt. Anklagend hielt sie eine aufgeschnittene grüne Paprikafrucht in die Höhe.
»Sie ist angeschimmelt, wo kriege ich jetzt Ersatz her?« fragte sie.
»Reicht das Gehackte für alle, Klara?« fragte Thea Gregor zurück.
»Ja, aber . . .«
»Machen Sie gefüllte Paprika für die Damen, wir beide essen Klopse, einverstanden?«
Brummelnd zog sich die Haushälterin zurück. Um sie nicht zu stören, verzichtete Frau Gregor auf ihren Tee. Sie ging in den großen Aufenthaltsraum, in dem gepolsterte Lehnstühle um runde Tische herumstanden. Über dem Farbfernseher in der Zimmer-

ecke lag eine handgewebte Decke; von den Fensterbrettern an der Längsseite des Raumes hingen Grünpflanzenranken herab. Auf dem sonnenbeschienenen Balkon zog sie einen Klappstuhl in die schattigste Ecke und ließ sich darauf nieder. Sie holte Gerds Brief aus dem Brustausschnitt ihres Kleides. Hoffentlich bleibt mir Zeit, ihn zu Ende zu lesen, dachte sie.

»Ich liege bäuchlings auf dem Bett unseres Hotelzimmers, während ich Dir schreibe. Amelie würde mich glühend beneiden, wenn sie mich sehen könnte – sie hat immer so gern auf dem Bauch gelegen und gelesen. Das dürfte ihr im Augenblick schwer fallen. Babsi und ich haben sie auf der Herfahrt besucht, wie verabredet. Sie hat sich ganz schön was aufgeladen! Jetzt erst verstehe ich, warum Du nicht begeistert warst von ihrer Heirat. Ich hatte gedacht: Hannes ist ein prima Kumpel, zuverlässig, solide – und überhaupt: ich fand, Amelie hätte mit ihm das große Los gezogen. Und das stimmt ja auch. Aber was an ihm dranhängt, die beiden großen Kerle ... Babsi meint, wenn sie an Amelies Stelle wäre, würde sie innerhalb von vierundzwanzig Stunden im Irrenhaus landen. Jochen ist lieb und anhänglich, aber Stefan hat sich mit der neuen Mutter immer noch nicht abgefunden. Er macht Amelie das Leben schwer – und sie weigert sich, Hannes damit zu belasten. ›Ich werd es schon schaffen‹, sagte sie mir, ›mein Mann hat genug Kummer gehabt durch den Tod seiner Frau – ich will ihm nicht das Herz schwer machen mit neuen Problemen.‹ Aber weißt Du, was ich fürchte? Sie selbst hält die Belastung nicht lange aus. Ich nehme an, sie hat Dir ihr süßes Geheimnis inzwischen verraten: Mitte Juli bekommt sie ein Kind.«

Thea Gregor kniff die Augen zusammen und las den Satz noch einmal; dann lehnte sie den Kopf rückwärts gegen die Hauswand und seufzte. Amelies erstes Kind war unterwegs – und sie ahnte nichts davon. Wie ein bunter Ferienfilm rollten Erinnerungen an die Geburten ihrer Kinder vor ihrem inneren Auge ab: die Vorfreude, die Sorge, die Schmerzen – und dann das unbeschreibliche Gefühl beim ersten Schrei des Neugeborenen: laut und fordernd Sohn Gerd, kurz und zögernd die Tochter. Ihr war, als sei es gestern gewesen. Und jetzt sollte ihre Jüngste, dieses lebhafte, zärtliche Kind, selbst Mutter werden. Unfaßlich. Thea Gregor zog ein Taschentuch aus dem Ärmel, putzte sich umständlich die Nase und las weiter.

»Du wirst wohl hinfahren müssen, wenn Amelie ins Krankenhaus geht. Wo sie Dich unterbringen wollen ist mir allerdings ein Rätsel: Flur, Küche, Wohnraum, Schlafzimmer, Bad – das ist alles. Die vier Menschen trudeln darin durcheinander wie Brummkreisel. Man hat ständig Angst, daß sie umkippen, wenn sie irgendwo anecken. In der Enge stoßen sie natürlich dauernd aneinander – kein Wunder, daß es niemals ruhig ist in der Bergerschen Wohnung: vier Kreisel auf 60 Quadratmeter Fläche! Babsi und ich, wir werden uns das Leben ein bißchen bequemer einrichten ... Schluß für heute, es ist Zeit fürs Mittagessen. Hier in Sizilien verwöhnt man uns riesig, ich nehme bestimmt einige Kilo zu. Von mir aus könnte das ganze Jahr lang Urlaub sein. Gruß und Kuß, Dein Sohn Gerd.«

Wie ein Ball aus glühendem Metall stand die Sonne über den Dächern von Berlin. Thea Gregor schloß die Augen. Sie hörte das Klingeln abfahrender Straßenbahnen, das Aufheulen anspringender Motoren und in der Ferne den gleichmäßig ratternden Rhythmus von Stadtbahn-Rädern. Plötzlich fiel ihr das schwäbische Dorf ein, in das sie geheiratet hatte, die Fachwerkhäuser, der Geruch nach Heu und saurer Milch und das Knarren der Fuhrwerke auf der Hauptstraße. Sie sah das efeubewachsene Haus, in dem ihre Kinder zur Welt gekommen waren. Die Idylle war zu Ende, als ihre Ehe zerbrach. Der Vater der Kinder war in seiner schwäbischen Heimat geblieben und vor zehn Jahren in der Stuttgarter Familiengruft beerdigt worden. Sie war mit den Kindern nach Berlin gezogen, um ihren Beruf wieder aufzunehmen. Aber der Mann auf dem Arbeitsamt sagte, sie sei »nicht vermittelbar« – zu alt für das tägliche treppauf und treppab einer Gemeindeschwester; zu alt für die Hausbesuche bei Alten und Kranken und bei Menschen, die mit dem Leben nicht fertig wurden: Alkoholiker, Drogenabhängige, vernachlässigte Kinder, geprügelte Frauen – auch im Wirtschaftswunderland gab es Elend. Aber sie durfte nicht helfen, es zu lindern ... zu alt! Sie fand eine Stelle als Nachtschwester im städtischen Krankenhaus. So lebte sie fünfzehn Jahre lang: nachts Schwester, tagsüber Mutter. Dann hatte sie das Pensionärsalter erreicht und Anrecht auf eine kleine Rente. Doch sie wollte sich nicht aufs »Altenteil« zurückziehen, solange sie ihre Hände noch benutzen konnte. Mit finanzieller Hilfe ihrer Kinder eröffnete sie das Heim für alte Damen, das jetzt ihren Lebensinhalt bildete.

So weit war Thea Gregor in ihren Erinnerungen gekommen, als ihr die überraschende Nachricht wieder einfiel. Im Juli also ... ein neues Kind zu den beiden, die Amelie mitgeheiratet hatte. Thea Gregor bezeichnete die Sprößlinge ihres Schwiegersohnes als ihre »Adoptivenkel« und liebte sie wie eigene. Ob meine Gefühle einem leiblichen Enkel gegenüber anders sein werden? überlegte sie. Wie wird es heißen? In der Familie Gregor war es Tradition, daß die ältesten Söhne nach den Großvätern und die ältesten Töchter nach den Großmüttern hießen: Karl-Gerhard wurde ihr Sohn getauft und Lucretia Amalie ihre Tochter. Beide hatten ihre Namen modernisiert, bevor sie sich damit abgefunden hatten; beide hatten geschworen, sich an keine Spielregeln zu halten, wenn sie Namen für ihre Kinder aussuchen müßten. Thea Gregor war entschlossen, ihnen nicht hineinzureden ...

Abends nach den Nachrichten, als alle Damen auf ihren Zimmern waren, spannte Thea Gregor zwei

Briefbögen (mit Kohlepapier dazwischen) in ihre Schreibmaschine und schrieb – wie immer in doppelter Ausfertigung – an ihre Kinder. »Hallo Ihr! Es war schön, durch Gerds Feriengruß von Euch zu hören. Ein Brief hat Vorteile gegenüber dem Telefon: man kann ihn viele Male lesen, bis man ihn auswendig weiß. Ich höre, daß ich Großmutter werde. Gerd meint, ich soll Hannes und die Kinder versorgen, während Amelie im Krankenhaus ist. Das ist eine Frage der Organisation. Ihr kennt meinen Wahlspruch: Zeit *hat* man nicht, man *nimmt* sie sich. Klara hat sich bereit erklärt, die Blumen zu gießen und die Damen zu versorgen, solange ich fort bin. Habt Ihr im Juli Ferien? Fährt Hannes Schwester Lilo wieder nach Capri? Sonst könnte sie vielleicht die Jungens während der Ferien zu sich nehmen. Sie wohnt so hübsch am Rand des Vogelsbergs, Wald und Freibad gleich hinterm Haus. Dort würden Stefan und Jochen sich bestimmt nicht langweilen. Überlegt's mal. Hier geht alles seinen normalen Gang. Schade, daß Ihr nicht in Berlin wohnt, sonst könnte man sich öfter sehen. Grüßt Eure Leute von mir und seid umarmt von Eurer

Oma-Mutti.«

4. Kapitel:

Gut gebellt ist halb gewonnen

Hannes fuhr im Bett hoch. Im Traum hatte er soeben seinen Chef im Wettlauf besiegt. Es dauerte eine Weile, bis er in die Wirklichkeit zurückfand. Dann wurde ihm klar, was ihn geweckt hatte: das Tappen von nackten Füßen auf dem Linolboden des Schlafzimmers.

»Was'n los?« murmelte er schlaftrunken.

»Eins der Kinder hustet«, antwortete Amelie, »ich schau mal nach.«

Hannes warf sich so schwungvoll auf die andere Seite, daß das Doppelbett ächzte wie ein ausgeleierter Blasebalg. Er zog die Decke über die Ohren, aber es nützte nichts. Immer, wenn er gerade wieder einschlafen wollte, hustete das Kind. Wo Amelie nur blieb? Hannes richtete sich auf. Er war jetzt hellwach. Das Husten kam aus dem Wohnzimmer, in dem Jochen und Stefan schliefen. Hannes stand auf und schlurfte über den Flur. Durch den Rundbogen sah er Amelie auf dem Rand des einen Schlafsofas sitzen. Sie hielt den Oberkörper von Jochen in ihren Armen. Sobald ein Hustenanfall den Jungen schüttelte, klopfte sie ihm den Rücken und murmelte beschwichtigende Worte. Stefan lag mit offenen Augen und starrte zu ihr hinüber. Als der Vater ins Zimmer trat,

kniff der Junge die Augen zu und tat, als schliefe er.
»Komm ins Bett, du erkältest dich«, sagte Hannes.
Ohne ihre Haltung zu verändern erwiderte Amelie: »Er hat Mühe beim Atemholen. Der Husten gefällt mir nicht.«
Der nächste Anfall dauerte länger als die vorigen.
»Hörst du, wie das klingt?« flüsterte Amelie.
»Wie ein heiserer Hund, der den Mond anbellt«, scherzte Hannes. Aber seiner Frau war nicht nach Lachen zumute.
»Hatten die Kinder schon Keuchhusten?« fragte sie.
Hannes hob die Schultern. »Keine Ahnung.«
»Also nicht«, schloß Amelie. »Wenn sie ihn gehabt hätten, dann wüßtest du es. Meiner Mutter graust noch heute, wenn sie an die Tage denkt, als Gerd und ich gleichzeitig Keuchhusten hatten.«
Hannes runzelte die Brauen. »Ziemlich ansteckend, nich?«
»Wenn meine Diagnose stimmt, haben wir in wenigen Tagen hier eine Krankenstation«, bestätigte Amelie.
»Male nicht den Teufel an die Wand!« rief Hannes.
Aber es gab nichts mehr zu malen. Am folgenden Tag begann Stefan zu husten. Doktor Friesen, der graubärtige Hausarzt, verschrieb Sirup und Beruhigungsmittel.
»Sie hätten die Burschen gegen Keuchhusten imp-

fen lassen müssen«, knurrte er. »Wenn die Krankheit ausgebrochen ist, kann man nur noch lindern – heilen muß sie von selbst.«
Amelie lief von einem Kind zum anderen, flößte Medizin ein und redete ihnen gut zu, wenn sie zwischen ziehenden Hustenstößen laut jammerten. »Weine nicht, es wird ja wieder gut« – hundertmal am Tage und hundertmal in jeder Nacht. Zunächst versuchte sie, allein fertig zu werden. Hannes braucht seinen Schlaf, um morgens zur Arbeit frisch zu sein, dachte sie. Aber als beide Kinder gleichzeitig ihre nächtlichen Anfälle hatten, war an Schlaf nicht mehr zu denken. Stefan nahm zwar seine Medizin, ließ sich von Amelie jedoch nicht berühren. Also mußte Hannes sich um ihn kümmern. An dem Tag, als Jochen seine Krise hatte, fing Hannes an zu husten.
»Ein Erwachsener mit Keuchhusten! Das habe ich in meiner langen Praxis noch nicht erlebt!« schimpfte Doktor Friesen. »Marsch, ins Bett mit Ihnen.«
Hannes protestierte. »Ich kann meine Frau jetzt nicht im Stich lassen. Stefan läßt sich nur von mir versorgen.«
»Is mir wurscht, wie ihr mit dem Problem fertig werdet«, wetterte der Arzt. »Kranke gehören ins Bett und damit basta!«
»Hannes, sei vernünftig«, mahnte Amelie, »ich werde es schon schaffen.«
Aber sie schaffte es nicht. Jeden Abend schwollen ihre Füße an. Ziehende Schmerzen im Leib erinner-

ten sie an das Baby, das sie trug. Ihr Rücken fühlte sich an, als stochere jemand mit einem scharfen Messer darin herum. Mit hängenden Armen stand sie auf dem Gang zwischen den beiden Krankenzimmern. Ich werde mein Kind verlieren, dröhnte es in ihrem Kopf. Nein! Nein! Nein!
Mit dem Handrücken wischte sie die Tränen weg, holte ein paar Groschen aus ihrem Geldbeutel, klinkte die Wohnungstür auf und tastete sich die Treppe hinunter. Auf der dunklen Straße hastete sie vorwärts, von einem Laternenlichtkreis zum nächsten. Sie erreichte die matt erleuchtete Telefonzelle an der Umgehungsstraße, schob die Türe auf, lehnte sich mit dem Rücken gegen das kühle Glas und atmete tief durch. Dann hob sie den Hörer ab, warf die Münzen ein, wählte und hörte den Freiton.
»Altenheim Gregor, Sie wünschen?«
»Ach, Mutti . . .«, sagte Amelie.

* * *

Als Oma im Haus war, wurde plötzlich alles ganz einfach. Als erstes steckte sie Amelie ins Bett und verbot ihr, an irgendetwas anderes zu denken, als an das Baby, das sie erwartete. Dann ging sie in die Küche, kramte in den Vorräten herum, hantierte mit Töpfen und Pfannen und bereitete in null-komma-nix eine leichte Eierspeise. Jochen durfte schon wieder aufstehen, er brachte den Eltern das Essen ans Bett. Stefan, der aktive Sportler, wurde kurz nach seinem Bruder gesund. Hannes litt nicht, wie

die Kinder, an Erstickungsanfällen, aber die Krankheit hatte ihn sehr geschwächt. Trotzdem stand er nach einer Woche morgens auf, um zur Arbeit zu gehen.
»Spiel nicht den Helden«, protestierte Amelie, »du bellst immer noch wie ein Seelöwe.«
»Gut Gebellt ist halb gewonnen – so geht doch das Sprichwort, oder?« grinste Hannes. Er warf seine Jacke über die Schulter, küßte seine Frau und ging.
Kopfschüttelnd sah Oma aus dem Küchenfenster hinter ihm her.
»Er ist eine Pracht, dein Hannes – aber unvernünftig wie die Lemmige«, stellte sie fest.
Der Spruch wurde zum geflügelten Wort in der Familie.

* * *

Sechs Wochen später – Oma Gregor war längst wieder in Berlin – begannen die Sommerferien. Die Jungen hatten die Versetzung in die nächste Klasse geschafft, Stefan sogar als Klassenbester. Stolz zeigte er seinen Buchpreis. Jochen hatte seine Vorderzähne verloren und lachte »etwas lückenhaft«, wie Hannes treffend bemerkte.
Gerne wäre Hannes mit seiner Frau und den Kindern in Urlaub gefahren, doch es ging nicht. Erstens hatte er kein Geld und zweitens wagte Amelie keine weiten Fahrten mehr. Stefan und Jochen sollten ihre Tante Lilo im Vogelsberg besuchen, wie Oma Gregor vorgeschlagen hatte. Amelie wollte

täglich spazieren gehen, bis Oma kam – und das Baby.

Aber es kam alles anders.

Am Tag, bevor die Jungens abfuhren, brachte die Postbotin einen Eilbrief aus Berlin. Hannes legte ihn neben Amelies Kaffeetasse.

»Was schreibt Oma?« wollte Jochen wissen.

»Sei nicht so neugierig«, mahnte sein Vater.

Amelie riß den Umschlag auf und las vor:

»Ihr Lieben, ich weiß nicht, wie ich es Euch sagen soll: ich kann im Juli nicht kommen. Während ich zu dem plötzlichen Keuchhusten-Einsatz bei Euch war, überanstrengte sich Klara. Sie hat einen schmerzhaften Bandscheibenschaden und fällt für unbestimmte Zeit aus. Ich muß alle Pläne bis zu ihrer Genesung verschieben. Am liebsten würde ich Türen knallen, Porzellan zerschlagen oder sonst etwas Unvernünftiges tun – so wütend bin ich! Statt dessen trinke ich Tee und lege die Füße hoch, damit das bißchen Verstand, das ich besitze, zurückkehrt. Ich beginne, mir den Kopf zu zermartern, um einen Ausweg zu finden – und siehe da! hier ist er: Ich bin froh, daß ich Euch nach dem Schock meiner Absage jetzt den Vorschlag machen kann, daß Amelie zu mir kommt. Bringe Dein Kind hier zur Welt, erhole Dich bei mir – und wenn die Schulferien zu Ende sind, fährst Du wieder heim. So lange wird Hannes das Strohwitwerdasein aushalten, denke ich. So, das wär's in Kürze. Ich habe Euch gern während Eurer Husten-Misere geholfen, aber immer klappt es nicht

so, wie man will. Überlegt Euch meine Idee und seid reihum umarmt von Eurer Mutter und Oma.«
Stefan schüttelte den Kopf.
»Geht nicht«, sagte er. »Wenn ich von Tante Lilo zurückkomme, muß jemand Mittagessen kochen.«
»Wieso muß?« fragte Jochen. »Wir werden auch allein fertig.«
»Kannst du Klopse braten?« fauchte Stefan.
»Haltet mal einen Augenblick die Klappe«, warf Hannes ein. »So zwischen zwei Bissen läßt sich die Frage nicht lösen.« Er fuhr mit der Zungenspitze über die Oberlippe, riß die Augen auf und legte die Stirn in Falten. Es war deutlich zu sehen: Vater überlegte.
»Jetzt wollen wir den Fall mal logisch angehen. Wir haben zwei Möglichkeiten. Erstens: wir bleiben hier, das Baby wird in Gütersloh geboren, ich nehme Urlaub und spiele Hausmann. Zweitens: Mutti fährt zu Oma, das Baby kommt in Berlin zur Welt – und wenn Stefan und Jochen von Lilo zurückkommen, machen wir hier einen Drei-Männer-Haushalt, bis du wiederkommst.«
Alle fingen gleichzeitig an zu reden, mit dem Ergebnis, daß niemand etwas verstand. Hannes schob seinen Stuhl zurück.
»Ich muß zur Arbeit«, sagte er. »Besprecht das Problem und verkündet mir heute abend euren Entschluß. Wenn er gut ist, stimme ich zu.«
»Und wenn nicht?« fragte Jochen.

»Dann tun wir, was Vater sagt«, erklärte Amelie.
»Schon mal was von Mitbestimmung gehört?« schnaubte Stefan.
»Die Betonung liegt auf der ersten Silbe«, erwiderte Amelie. »Im Mitbestimmungsgesetz heißt es, wenn keine Einigung zustande kommt, entscheidet die Stimme des Vorsitzenden.«
Hannes deutete eine Verbeugung an.
»Der Vorsitzende des Familienrats zieht sich zurück«, grinste er, küßte seine Frau, wuschelte Jochen durch die Haare und boxte Stefan an die Schulter. »Tschüß bis heute abend.«
Die Wohnungstür klappte, Hannes' Schritte verhallten im Treppenhaus. Die Zurückgebliebenen sahen einander an.
»Was machen wir nu?« erkundigte sich Jochen.
»Jetzt packen wir erst mal eure Sachen«, entschied Amelie. »Morgen früh geht die Reise los. Die Berliner Frage hat bis später Zeit.«
An Stefans Rucksack riß der Lederriemen, eine von seinen Lieblingssocken fehlte und seine Hausschuhe waren nicht zu finden. Jochen suchte seine Mundharmonika und in seinem Koffer war kein Platz für ein zweites Paar Stiefel. Bis alle Probleme gelöst waren, war der Tag herum und Vater Hannes kam heim. Er fand seine Familie im Flur.
Jochen wollte ihm sofort seinen reisefertigen Anorak zeigen, dessen Taschen überquollen. Stefan erklärte, sein Geld sei futsch, heute nachmittag habe er es noch gehabt. Hannes legte einen

Arm um die Schulter seiner Frau und fragte: »Nun?«
»Was: nun?« staunte Amelie.
»Wie habt ihr entschieden?«
»Was entschieden?«
»Na, die Reise!«
Amelie sah ihren Mann an, als käme er vom Mond.
»Aber Hannes, die Reiseroute liegt doch seit Monaten fest! Die Jungens fahren über Paderborn, Dillenburg, Marburg, Gießen nach ...«
»Himmel! Ich spreche nicht von den Jungen, sondern von der Berliner Reise!« rief Hannes.
»Ach, diiie ...« Amelie dehnte das ›i‹ wie ein Gummiband. »Die haben wir vor lauter Packen glatt vergessen.«
Hannes faßte sich an den Kopf.
»Ich armer Irrer denke den ganzen Tag über die beste Lösung nach, vernachlässige meine Arbeit, schlinge das Kantinenessen hinunter ohne zu merken, was ich esse, erwäge das Für und Wider, lege mir Antworten zurecht auf eure Fragen – und was höre ich? Vergessen! Ihr habt das Thema einfach vergessen?« rief er in komischer Verzweiflung.
Die Jungen lachten, Amelie rieb ihre Nase an seiner Jacke.
»Vergiß es«, sagte sie. »Freue dich mit deinen Söhnen, daß sie pünktlich mit ihren Vorbereitungen fertig geworden sind. Alles andere erledigen wir später.«

»Erst die Kinder und dann du – typisch Amelie«, flüsterte Hannes in ihr Haar.
Seine Frau hob gleichzeitig Hände und Augenbrauen.
»Schicksal einer Mutter«, lachte sie. Ernster werdend fügte sie hinzu: »Natürlich ist mir Mutters Angebot durch den Kopf gegangen. Ehrlich gesagt: Ich hätte gern ein *Berliner Kindl*.«
Hannes sah sie von der Seite an.
»Damit ist die Entscheidung gefallen«, sagte er.
Stefan schnaufte verächtlich durch die Nase. »Feiner Familienrat«, zischte er. »Wir Männer sind in der Überzahl, aber gemacht wird, was die Weiber sagen.«
Bevor Hannes ihn zur Ordnung rufen konnte, war er in der Küche verschwunden. Als die anderen ihm später folgten, saß er am Eßtisch und mampfte ein dick bestrichenes Wurstbrot. Von der Familie ließ er sich den Appetit nicht verderben. Aber auf Fragen antworten? Oder sich für sein rüdes Benehmen entschuldigen? Kam überhaupt nicht in Frage! Auf seine Meinung legte offenbar niemand wert – sollten sie doch sehen, wie sie ohne ihn fertig wurden ...
Die Eltern taten, als bemerkten sie nichts. Das war der einzige Weg, um mit Stefans schlechter Laune fertig zu werden.

5. Kapitel:

Eine Weiße mit Schuß

In eintönigem Gleichmaß ratterten die Räder des Interzonenzuges über die Schienen. Amelie lehnte ihren Kopf gegen das Polster in der Fensterecke. Ihre Hände lagen auf ihrem Leib, in dem das Ungeborene zappelte.

»Halt Ruhe, du bist noch nicht dran«, murmelte Amelie mit geschlossenen Zähnen.

Das Abteil war leer bis auf eine dicke Frau, deren falsche Zähne im künstlichen Licht bläulich schimmerten. Sie fingerte ständig an ihrer Reisetasche herum und holte Butterbrote, harte Eier und Apfelsinen heraus, die sie hörbar vertilgte. Die Abfälle preßte sie in den überquellenden Aschenbecher unter dem Fenster. Schließlich zog sie eine Tüte voll Bonbons aus der Manteltasche und streckte sie ihrer Mitreisenden entgegen. Aus Höflichkeit nahm Amelie eines, obwohl sie die Sorte nicht mochte. Befriedigt ob ihrer guten Tat faltete die Frau die Tüte zusammen und stopfte sie in die Tasche zurück. Endlich hatte sie einen Grund gefunden, ein Gespräch anzufangen.

»Daß Sie sich in ihrem Zustand noch auf die Bahn trauen!« bemerkte sie mit hämischen Unterton.

Was geht das dich an, dachte Amelie. Laut sagte sie:

»Mein Kind soll in Berlin geboren werden, wo ich aufgewachsen bin.«
»Ach???« Das war ein Ausruf mit drei Fragezeichen. Mit gespitzten Lippen fuhr die Frau fort: »Es ist vollkommen gleichgültig, wo ein Kind geboren wird! In der heutigen Zeit überhaupt eins in die Welt zu setzen, zeugt von mangelndem Verantwortungsbewußtsein.«
»Es ist unser drittes und wir freuen uns darauf«, gab Amelie zurück. Der unerwartete Widerstand verschlug der Frau die Sprache. Wie eine Weinbergschnecke, die mit den Fühlern gegen etwas Hartes stößt, zog sie sich in das Schneckenhaus ihrer Ablehnung zurück. Amelie war es recht, daß sie schwieg. Sie kümmerte sich nicht um die giftigen Blicke der Frau, sondern machte sich fertig zum Aussteigen. In ihrem Leib stieß das Baby gegen die Bauchwand. Dich lasse ich mir von niemand vermiesen, dachte Amelie.
Als der Zug in den Bahnhof Zoo einfuhr, trat sie auf den Gang, zog ein Fenster hinunter und hielt nach ihrer Mutter Ausschau. Schon aus der Ferne erkannte sie die weiße Schwesternhaube. »Willkommen! Willkommen daheim!« rief Thea Gregor, während sie neben dem ausrollenden Zug herlief. Sie winkte mit beiden Armen. Die Augen in ihrem faltigen Gesicht leuchten wie frisch angezündete Weihnachtskerzen, dachte Amelie. Als der Zug hielt, reichte sie Koffer und Tasche durchs Fenster. Dann ließ sie sich von den anderen Aussteigenden lang-

sam zur Tür schieben. Mit beiden Händen hielt sie sich an den Haltegriffen fest und setzte vorsichtig Fuß vor Fuß. Forschend sah ihre Mutter ihr ins Gesicht.

»Du siehst müde aus, geht es dir gut?« fragte sie besorgt.

Amelie mochte nicht zugeben, daß sie sich kaum aufrecht halten konnte. Statt einer Antwort fragte sie: »Können wir ein Taxi nehmen?«

»Natürlich, Kind. Komm!«

Thea Gregor umarmte ihre Tochter, dann verstaute sie das Gepäck in einem Handkarren, der auf dem Bahnsteig herumstand, und schob ihn zur Sperre. Amelie konnte nicht so schnell folgen. Bevor sie den Ausgang erreichte, gaben ihre Knie nach. Langsam sackte sie auf den kalten Steinen der Bahnhofshalle zusammen. Sofort bildete sich ein Kranz von Neugierigen. Ein vierschrötiger Mann wollte Amelie aufhelfen, aber sie wehrte ab.

»Einen Augenblick, es geht gleich wieder«, hauchte sie.

»Mensch, Paul, hol 'ne Weeße mit Schuß, det hilfta uffe Beene!« schrie der Vierschrötige. Der mit Paul Angeredete drängelte sich durch die Menge bis zur Imbißstube des Bahnhofs-Ausschanks. Nach wenigen Minuten kam er mit einem bauchigen Glas zurück, in dem eine helle, schaumige Flüssigkeit schwappte. Auf dem Boden des Glases schimmerte es rötlich.

»Original Berliner Weißbier mit Himbeersaft«, erklärte Paul.
Trotz ihrer Schmerzen brachte Amelie ein schiefes Lächeln zustande. »Kennick«, sagte sie und tat einen tiefen Zug. »Ick wurde als Kind ooch in Spreewasser jebadet.«
Die Umstehenden grinsten, die Vierschrötige sah wohlwollend auf die junge Frau hinab.
»Dufte!« raunzte er. »Ne echte Balina Flanze!«
Als Amelie sich hochrappelte, halfen ihr zwanzig Hände und viele Stimmen gaben gute Ratschläge:
»Kopp hoch, Frollein, et wird wieda!«
»Balina Luft, da jeht nix drüber!«
»Ne Weeße mit Schuß, damit holste jeden aus'n Sarch!«
»Quatscht nich krause, jeht nach Hause!« schrie Paul. »Sieht doch'n Blinda mit'n Krückstock, wat mit se los is. Die braucht'n Arzt un keen Jequassel.«
»Misch da nich ein, wir woll'n se bloß helfen . . .«
Ein Taxifahrer bahnte sich einen Weg durch die Menge.
»Macht 'ne Flieje, Leute! Komm'se, junge Frau. Det Jepäck is schon in mein' Straßenkreuzer und Muttern paßt uff. Soll ick Ihnen tragen?«
Amelie schüttelte den Kopf.
»Ick kann selba loofen«, antwortete sie. Der Berliner Dialekt, den sie seit ihrer Hochzeit nicht mehr gehört hatte, machte ihre Ankunft zu einer Art Heimkehr.

Das Taxi fuhr direkt zur Klinik, anschließend brachte es Thea Gregor in den Hohenzollerndamm. Neugierig standen die alten Damen in der Diele.
»Wo ist die junge Mutter?« fragte Fräulein Articus.
»Wann kriegt sie ihr Kind?« wollte Frau Klenk wissen.
»Was ist geschehen?« rief Frau Görlitz von der Schwelle ihrer Zimmertür. Frau von Rütli rang theatralisch die Hände und stieß kleine Vogelschreie aus.
»Bitte beruhigen Sie sich«, sagte Thea Gregor. »Meine Tochter ist im Krankenhaus. Sie hatte einen Schwächeanfall, die Wehen haben vorzeitig eingesetzt. Bitte entschuldigen Sie mich, ich muß versuchen, meinen Schwiegersohn zu erreichen.«

* * *

Hannes erhielt die Nachricht im Verlag, kurz vor Dienstschluß. Mit bebenden Fingern wählte er die Nummer der Berliner Klinik. Die Stimme der Stationsschwester klang ungeduldig.
»Wer spricht? Berger? Nein, das Kind ist noch nicht da. Bei Erstgebärenden dauert es meistens länger. Haben Sie Geduld. Wir rufen an, wenn es soweit ist.«
Hannes schüttelte den Kopf, ohne zu bedenken, daß die Schwester ihn nicht sehen konnte.
»Leider habe ich daheim kein Telefon«, stammelte er. »Ich versuche es nachher noch einmal.«

»Meinetwegen«, brummte die Schwester und legte auf. Hannes hatte nicht einmal Zeit gehabt, einen Gruß an seine Frau zu bestellen. Er hielt den Hörer noch eine Weile ans Ohr, obwohl das Gespräch beendet war.

»Arme Amelie«, murmelte er, »seit sieben Stunden quälst du dich, und ich kann nichts für dich tun.«

Achtlos legte er den Hörer auf die Gabel und faltete die Hände. Lieber Gott, mach, daß es gut geht, dachte er.

Und es ging gut.

Als er abends um acht Uhr von der Telefonzelle aus anrief, sagte eine andere Schwesternstimme, sehr viel freundlicher dieses Mal:

»Mutter und Kind sind wohlauf. Ein Mädchen, neun Pfund schwer und 54 Zentimeter lang. Ich gratuliere.«

Hannes lief vor Freude rot an.

»Danke!« rief er. »Sagen Sie meiner Frau, daß ich sehr glücklich bin!«

Er wartete die Antwort nicht ab, sondern stürmte ins Freie. Vor der Telefonzelle reckte er beide Arme in die Luft, atmete tief durch und rannte dann, in Zickzacksprüngen, quer über Bürgersteig und Straße in die leere Wohnung zurück. Gut, daß die Nachbarn ihn nicht sahen: sie hätten ihn für verrückt gehalten.

Er ging in die Küche, goß Wein in ein Glas und stellte sich in der Diele vor den Spiegel mit den blin-

den Ecken, der über dem Schuhschrank hing. Er hob das Glas und prostete sich selber zu.
»Verrückt, total verrückt!« bestätigte er. »Vor Freude, vor Liebe und vor Glück. Verrückt hoch zwei gibt fünf: jetzt sind wir zu fünft . . .«
Im Laufe des Abends redete er noch mehr ungereimtes Zeug. Da keiner dabei war – außer der Weinflasche und die hörte nicht hin – kann auch niemand darüber berichten.
Als er am nächsten Morgen mit dickem Brummschädel in seinem Büro saß und mit allen Kollegen auf das Wohl der kleinen Eva anstieß, schwor er: Von jetzt an will ich immer dabei sein, wenn meine Frau ein Baby bekommt. Ob es am Wein lag, daß er diesen guten Vorsatz später wieder vergaß? Bei der Hälfte von Amelies Kindern war der Vater zum Zeitpunkt der Geburt verreist (dienstlich, natürlich), bei der anderen Hälfte war er daheim unabkömmlich. Im Kreißsaal war er nie . . .
Die Geschichte von der Weißen mit Schuß gehörte von da an zur Familiensaga. Amelie war überzeugt, daß der »große Bahnhof«, den man ihr und dem Ungeborenen in Berlin bereitet hatte, ein gutes Omen gewesen sei. Die anderen regte die Ähnlichkeit von »Weiße« und »weise« zu Wortspielen an. Wenn Eva später etwas besonders gut machte und dafür gelobt wurde, witzelten die Geschwister: »Klarer Fall – weise mit Schuß!«

6. Kapitel:

Schloßgespenster

Das Städtchen, in dem Hannes' Schwester wohnte, lag weit ab von der nächsten Bahnstation. Dreimal am Tag fuhr ein rotgestrichener Bus vom Bahnhof aus in die umliegenden Orte.

Lilo Zumsteeg stand an der Lambacher Haltestelle und schaute in die Richtung, aus der sie den Omnibus erwartete. Sie hätte gern die Kinder ihres Bruders in der Kreisstadt abgeholt, aber Hannes hatte gemeint, Stefan und Jochen seien groß genug, um allein von der Bahn in einen Bus umzusteigen. Endlich erschien zwischen den Fachwerkhäusern am Ende der Straße ein roter Wagen mit breiter Frontscheibe und einem Mercedesstern auf der Kühlerhaube. Lilo atmete auf, als sie die Gesichter der Jungen hinter den Fenstern erkannte. Als erster sprang Jochen aus dem haltenden Bus und fiel seiner Tante um den Hals. Stefan stieg als letzter aus. Er plagte sich mit seinem Rucksack und Jochens Koffer. Lilo nahm sie ihm ab.

»Grüß dich«, sagte sie, »fein, daß ihr da seid.«

Stefan nickte ihr zu, für einen kurzen Augenblick trafen sich ihre Blicke. Es sah fast so aus, als wollte er den Gruß seiner Tante erwidern. Doch schnell verschloß sich sein Gesicht und er raunzte seinen Bruder an: »Dein Zeug hättste selber tragen können!«

Jochen hing an Lilos Arm und strahlte sie an. »Ich hätt's schon noch geholt«, antwortete er, ohne Stefan anzuschauen. Der zog eine verächtliche Grimasse. »Dann wäre der Bus weggewesen, Herr Schlau-Berger«, knurrte er.
Als hätte der Busfahrer auf sein Stichwort gewartet, schloß er die Türen, gab Gas und fuhr weiter.
»Siehste?« triumphierte Stefan.
Jochen zuckte die Schultern; er war daran gewöhnt, daß der Ältere recht behielt – davon ließ er sich die Ferienlaune nicht verderben. Die Reiseerlebnisse sprudelten aus ihm heraus wie Wasser aus einem Gartenschlauch.
»Die Fahrt war klasse, wir mußten zweimal umsteigen, vor dem Kontrolleur habe ich mich im Klo versteckt – der hat so lange gegen die Tür getrommelt, bis ich aufgemacht habe. Darf man nich mal in Ruhe scheißen? hab ich gefragt, der hat vielleicht blöd geguckt, als ich meine Fahrkarte zeigte – ich hab dann Veilchen gespielt, du weißt schon: bescheiden, sittsam und rein! Denken Sie ich fahre schwarz? hab ich gefragt, der Mann wurde abwechselnd rot und blaß und hat den Mund nicht mehr aufgemacht – geschieht ihm ganz recht, was verdächtigt er einen harmlosen Fahrgast, nich?«
Lilo konnte ihre Gesichtszüge nur mit Mühe beherrschen. Da sie Lehrerin war, hätte sie das Verhalten des Jungen rügen müssen; aber die lebhafte Schilderung reizte sie unwillkürlich zum Lachen. Stefan ging es ebenso. Zwar fand er den Streich seines Bru-

ders kindisch; aber da er dazu gedient hatte, einen Erwachsenen zu foppen, konnte er ihm seine Anerkennung nicht versagen.
Lachend gingen die Drei die Lindenallee entlang, die von der Bushaltestelle zum Schloß führte. Kies knirschte unter ihren Füßen. Vögel sangen in den Baumkronen, die über dem Parkweg ein Blätterdach bildeten. Am Rand eines Brunnenbeckens, dessen Fontäne abgestellt war, putzten Enten ihr Gefieder. Ein Schwanenpaar mit sechs Jungen paddelte auf dem Teich herum, ihre Spuren bildeten ein glitzerndes V auf der Wasseroberfläche. Auf braunen Bänken zwischen bunten Blumenbeeten saßen junge Frauen mit Kinderwagen und alte Männer, die ihre Beine in die Sonne hielten. Einige sprachen miteinander, andere wendeten raschelnd die Blätter der Zeitungen um, in denen sie lasen. Eine mümmelnde Greisin im Rollstuhl starrte vor sich hin, ohne ihre Umgebung wahrzunehmen. Ihre Betreuerin saß neben ihr auf einem Klappstuhl und strickte. Zwei Buben, die einen Ball vor sich herstießen, grüßten im Vorübergehen: »Guten Tag, Frau Dr. Zumsteeg.« »Guten Tag«, antwortete Lilo. Zu ihren Neffen gewandt fügte sie hinzu: »Schüler von mir. Wer sie sieht, ahnt nicht, wie viele Teufelchen in den beiden Prinzen stecken. Die lassen sie nur im Unterricht los.«
Jochen grinste. »Lehrer ärgern ist das Beste an der Schule«, posaunte er.
»Ein Sport für Babys«, meinte Stefan in herablas-

sendem Ton. »In meiner Klasse ist Sport Hauptfach«, entgegnete Jochen schlagfertig.
»Hört auf!« rief Lilo. »Mir tut schon alles weh vor Lachen.«
Jochen nickte mit ernstem Gesicht: »Gut, dann sind wir nicht vergebens zu dir gekommen. Lachen fördert die Gesundheit – auch von alten Tanten.«
Lilo war Mitte vierzig und stolz darauf, wie Anfang dreißig auszusehen. Aber für Jochen war jeder Mensch über zwanzig »alt«.
Der Kiesweg endete vor einem ausgetrockneten Burggraben. Zwischen hohen Platanen waren die Schieferdächer des Schlosses zu sehen. Jenseits der ehemaligen Zugbrücke führte ein Gewölbegang, von einem wappengeschmückten Steintor überragt, in den inneren Schloßhof. Mit großen Haken waren eisenbeschlagene Torflügel rechts und links an den Innenseiten des Durchgangs befestigt. Eine zinnenbewehrte Mauer aus Buckelquadern, an deren vier Ecken efeubewachsene Türme aufragten, umgab die gelbgetünchten Wohngebäude.
Die Drei bogen vor dem Burggraben rechts ab. Außerhalb der Schloßanlage stand ein einstöckiges weißes Haus mit tief herunterreichendem rotem Ziegeldach. Zwischen der dunkelbraunen Holztür und den grüngestrichenen Klappläden der Fenster wucherten gelbe Rosen.
»Das Hexenhaus aus Hänsel und Gretel!« staunte Jochen. »Darin möchte ich wohnen.«
»Herzlich willkommen!« lachte Lilo. »Die Hexe bin ich.«

Bevor Jochen sich von seiner Überraschung erholt hatte, stieß sich die Haustür auf und schob die beiden Jungen hinein. Ein langhaariger Hund mit braun-weiß getupftem Fell erhob sich steifbeinig von seinem Lager vor dem offenen Kamin. Schweifwedelnd begrüßte er Lilo, dann schnupperte er an den Hosenbeinen von Stefan und Jochen.
»Brav, Hasso, guter Hund«, sagte die Tante. Es klang wie eine Beschwörungsformel.
Hasso blickte zu ihr empor, wedelte noch einmal mit seinem buschigen Schwanz und legte sich wieder auf den Teppich vor dem Kamin.
»Er hat euch willkommen geheißen«, erklärte Lilo, »von jetzt an gehört ihr zur Familie.«
Sie reckte sich, packte einen Griff an der hölzernen Zimmerdecke über ihrem Kopf und zog eine Klappleiter herunter. »Bringt eure Sachen hinauf«, forderte sie die Jungen auf. »Schlafen müßt ihr unterm Dach, aber tagsüber steht euch das ganze Haus zur Verfügung – und der Park, der Wald und das Freibad dazu.«
Jochen kletterte die Treppe empor, warf Rucksack und Koffer auf die beiden Feldbetten, die oben aufgeschlagen waren, und sprang mit einem Satz zurück ins Kaminzimmer. Stefan schob die Leiter zusammen und gab ihr einen Stoß, so daß sie wieder in der Decke verschwand.
»Patent«, murmelte er anerkennend.
»Wenn ihr wollt, könnt ihr jetzt die Gegend erkunden«, sagte Lilo, »ich muß kochen. Mein Mann ar-

beitet in der Kreisstadt und unsere Kinder gehen dort zur Schule. Bei uns in Hessen fangen die Ferien später an als bei euch in Westfalen. Eine Woche lang müßt ihr vormittags mit mir vorlieb nehmen, danach werden Dagmar und Anselm sich um euch kümmern.«
Jochen machte auf dem Absatz kehrt und wollte losrennen.
»Ich möchte lieber hierbleiben«, erklärte Stefan.
»Bei Hasso? Oder kommst du mit in die Küche?« erkundigte sich Lilo.
»Küche!« schrie Jochen, schnell umgestimmt. »Erzähl uns von dem Hexenhaus!«
Lilo band sich eine Schürze um, die Jungen liefen im Gänsemarsch hinter ihr her. Mit einem langen Haken schob sie die Eisenringe auf dem Herd zur Seite und schürte die Glut. Kleine gelbrote Funken sprangen in die Höhe und fielen zurück in die Feuerstelle. Lilo holte zwei Briketts aus dem Kohleeimer zu ihren Füßen, legte sie in die Flammen und schubste die Eisenringe wieder an ihren Platz.
»Hast du kein Gas?« wunderte sich Stefan.
»Oder wenigstens einen Elektroherd?« ergänzte Jochen.
Lilo schüttelte den Kopf.
»Dies war früher das Haus des Gärtners, der die Schloßanlagen in Ordnung hielt. Seit der Park der Stadt gehört, ist das Gartenbauamt dafür verantwortlich. Der alte Gärtner starb vor ein paar Jahren und das Haus stand leer. Es gehört dem Fürsten, der

das Schloß bewohnt. Ich unterrichte seine Kinder, weil sie in der öffentlichen Schule nicht zurechtkommen. Sieben Kinder haben sie, von denen zwei Sonderschulen besuchen müßten. Die gibt es hier nicht, deshalb hat der Schloßherr lieber Privatlehrer angestellt. Ich gebe Sprachen, Geschichte und Musik, meine Kollegin Mathe und die naturwissenschaftlichen Fächer. Den Kindern ist damit geholfen – und uns Lehrerinnen auch: Wir haben schulpflichtige Kinder und können deshalb keinen vollen Lehrauftrag übernehmen. Wir legen die Stunden wie's uns paßt. Heute habe ich freigenommen, um euch abzuholen, morgen hat meine Kollegin große Wäsche und ich unterrichte die Kinder.«

»Sind das richtige Prinzen und Prinzessinnen?« fragte Jochen.

»Natürlich«, nickte Lilo. »Aber das sind heute nur noch Titel, weißt du. So wie ich Doktor bin, so ist Prinz eben Prinz. Nur mit dem kleinen Unterschied, daß man für den Doktortitel arbeiten muß, während man den Prinzentitel erbt.«

»Wenn du das so erklärst, ist die ganze Romantik weg«, maulte Jochen.

»Genau das ist der Sinn der Übung«, sagte Lilo. »Früher, zu Ur-Omas Zeiten, war mit solchen Titeln noch Macht verbunden: Der Fürst regierte und die Untertanen gehorchten. Aber heute ist das anders. Unser Fürst ist nicht einmal mehr Herr des Schlosses, das ihm gehört! Es steht unter Denkmalschutz, deshalb braucht er für jede Baumaßnahme eine Genehmigung des Gemeinderats, des Denkmalamtes, des Regierungspräsidiums – und was-weiß-ich noch für Behörden. Nicht einmal die Rosen an diesem Gärtnerhaus dürfen wir roden ohne Genehmigung.«

»Dann möchte ich lieber nicht Prinz sein«, überlegte Jochen. »Man denkt sich das immer so toll, wie im Märchen . . .«

»Unsere Zeit ist keine Märchenzeit mehr«, warf Lilo ein. Augenzwinkernd fügte sie hinzu: »Aber das Schloßgespenst gibt es immer noch.«

»Eeehr-lich?« fragte Stefan, mit der Betonung auf der ersten Silbe.

»Keine weiße Dame oder ein Geist mit klirrenden Ketten«, beteuerte Lilo. »Es ist ein alter Minnesänger, dem das Schloßfräulein versprochen hatte, ihn zu erhören. Aber dann heiratete sie einen anderen, und der Sänger stürzte sich von den Zinnen hinab in den Burggraben. Seither hört man hin und wieder in Vollmondnächten seine Stimme, die in wehmütigen Liedern den Verlust der Geliebten beklagt.«

»Wahrscheinlich ist es gar kein Sänger, sondern ein Hund, der den Mond anjault«, vermutete Stefan.

Die Tante machte ein geheimnisvolles Gesicht.

»Übermorgen ist Vollmond«, sagte sie. »Genau um Mitternacht stimmt er seine Laute. Die Leute hier horchen schon gar nicht mehr hin, so sehr haben sie sich an das Schloßgespenst gewöhnt.«

* * *

Die nächsten achtundvierzig Stunden vergingen wie im Flug. Die Jungen bauten im Wald ein Baumhaus, gingen nachmittags mit Anselm und Dagmar schwimmen, jagten die Enten um den Schloßteich herum und balgten sich mit Dorfbuben, die einem alten Mann seinen Spazierstock klauen wollten. In der ersten Nacht schliefen sie traumlos durch bis zum Frühstück. Am zweiten Abend stellte Stefan seinen Wecker auf kurz vor Mitternacht. Beim ersten Klingelton fuhren die beiden Brüder gleichzeitig hoch. Stefan stopfte den Wecker unters Kopfkissen, Jochen lauschte mit angehaltenem Atem in die Dunkelheit. In den Dachbalken knackte es, aus dem Schlafzimmer unter ihnen drang leises Schnarchen, irgendwo zirpte ein Heimchen.

»Hörst du was?« flüsterte Jochen.

»Pscht!« machte Stefan.

Er saß steil aufgerichtet und wandte sein Gesicht dem weitgeöffneten Dachlukenfenster zu. Draußen spielte der Nachtwind raschelnd mit den Blättern der Platanen, in der Ferne rief ein Käuzchen. Plötzlich war da eine feine Melodie, die alle anderen Geräusche untermalte: in Halbtönen auf und absteigend sang eine menschliche Stimme ein klagendes Lied.

»Mensch!« hauchte Jochen.

»Komm!« raunte Stefan.

Sie zogen Jeans und Pullis über ihre Schlafanzüge, schlüpften in ihre Turnschuhe und schlichen lautlos die Klappleiter hinab. Hasso blinzelte mit einem

Auge, hob aber den Kopf nicht von seiner Decke. Die Haustür war versperrt, also kletterten sie durch ein Fenster nach draußen. Der volle Mond stand rötlich über dem Schloß. Die Türme hoben sich vom Himmel ab wie schwarze Schachfiguren.
»Die Musik kommt aus dem rechten Turm«, flüsterte Jochen.
Im Mondschatten der hohen Bäume pirschten sie sich an den Burggraben heran. Immer deutlicher wurde der Gesang, schon konnten sie einzelne Wörter verstehen.
»Oh weh, wo sind verswunden alle mine Jahr . . .«
In einem der Turmfenster zuckte ein Licht auf und erlosch. Winkte dort jemand mit einem weißen Schleier?
». . . daß ich nun für mein Lachen Weinen kiesen soll . . .«
Wie eine Welle, die eine traurige Last trägt, floß die Melodie dahin. Nach einem letzten »O weh!« brach sie ab.
»Als ob jemand einen Plattenspieler abstellt«, murmelte Stefan.
Jochen antwortete nicht, er beobachtete das Fenster im Turm. Jetzt sah er es ganz genau: die Fensterflügel standen offen und eine Gardine wehte im Nachtwind. Kein Schleier also . . . aber das Licht?
»Da ist es wieder!« keuchte er. »Und ebenso schnell verschwunden.«
»Das kann der Mond sein, der sich im Fensterglas spiegelt«, vermutete Stefan.

»Das Lied ist zu Ende«, stellte Jochen fest. »Da – jemand schließt das Fenster!«
Schemenhaft erkannten sie einen weißen Arm. Noch einmal blitzte das Licht auf, dann blieb alles dunkel. Die Jungen warteten. Nichts geschah.
»Mir wird kalt«, sagte Jochen.
Stefan nickte. Zögernd, immer wieder rückwärts schauend, schlichen sie zurück zum Rosenhaus. Hasso knurrte, als sie durchs Fenster stiegen, sonst blieb alles still.

* * *

Als Stefan und Jochen am nächsten Morgen zum Frühstück erschienen, waren Onkel Klaus und seine Kinder schon fort.
»Na, ihr Langschläfer!« begrüßte die Tante ihre Neffen.
»Wir haben, wir sind . . .« stotterte Jochen.
»Halt die Klappe!« fuhr Stefan ihn an.
»Was habt ihr? Was soll der Streit?« fragte Lilo.
»Ach, nichts!« knurrte Stefan.
Tante Lilo pfiff durch die Zähne.
»Erst etwas andeuten und dann nicht herausrücken mit der Sprache – das *liebe* ich! Es ist das unhöflichste Benehmen, das ich kenne.«
»Jo is 'ne olle Quatschtüte«, erklärte Stefan. »Nie kann er was für sich behalten.«
»Kann ich doch!« trumpfte Jochen auf. »Vielleicht will Tante Lilo gar nichts von dem Schloßgespenst hören?«

Lilo hielt die Kakaokanne über seine Tasse, ohne einzugießen.
»Schloßgespenst? Ach so, gestern war Vollmond, da geht sie um.«
»Sie?« wunderte sich Stefan. »Du hast gesagt, es sei ein alter Minnesänger.«
»Und Licht war auch im Turm, wir haben's genau gesehen«, platzte Jochen heraus.
»Gesehen? Wart ihr draußen? Mitten in der Nacht?« erkundigte sich die Tante.
»Petze, Petze, ging in'n Laden ...« zischte Stefan.
Jochen versuchte, ein schuldbewußtes Gesicht zu machen.
»Nur ganz kurz waren wir beim Schloß«, sagte er. »Wir mußten doch herausfinden, wo die Musik herkam.«
»Hat sie wieder gespielt? Das ist gut, das hilft ihr«, sagte Lilo.
Die Jungen sahen sie erwartungsvoll an.
»Mann, du machst es aber spannend!« rief Stefan. »Was weißt du über das Schloßgespenst – oder die Gespenstin, falls es sowas gibt?«
»Tut mir leid, wenn ich eure Illusionen zerstöre«, sagte Lilo. »Die Wirklichkeit ist selten märchenhaft. Aber gespenstisch in diesem Fall schon. Ich habe euch doch von den Kindern des Fürsten erzählt, die ich unterrichte.«
Die Brüder nickten.
»Die Älteste, ein besonders sensibles Mädchen, fin-

det sich in der Welt nicht zurecht. Depressionen nennt man das. Sie fühlt sich schuldig am Tod ihres Freundes, obwohl sie nichts dafür konnte. Sie saß am Lenkrad des Wagens, in den ein Betrunkener hineinfuhr. Alle wurden verletzt, der Freund starb nach wenigen Tagen. Es geschah in einer Vollmondnacht. Seither sitzt Anna in solchen Nächten in ihrem Turmzimmer und spielt die Lieblingsplatte des Toten – eine Elegie des Minnesängers Walther von der Vogelweide.«

Die Jungen hielten die Luft an.

»Wird sie nie wieder gesund?« fragte Jochen nach einer Weile. Lilo hob die Schultern.

»Wer weiß? Vielleicht? Ihre Eltern und Geschwister und ich – und natürlich die Ärzte – tun für sie, was wir können. Aber Seelenwunden heilen langsam. Eine Narbe wird wohl zurückbleiben.«

»Das hättest du uns nicht erzählen sollen«, beklagte sich Jochen. »Die Geschichte von einem richtigen Gespenst würde besser zu dem alten Schloß passen.«

»Es paßt nicht immer alles, was uns das Leben beschert«, erwiderte Lilo. »Trotzdem muß man lernen, mit Unabänderlichem zu leben.«

Stefans Lippen wurden schmal.

»Ich weiß«, sagte er.

7. Kapitel:

Ein Dach für viele Leute

Am letzten Tag der Sommerferien kehrten die Jungen zurück. Jochen ließ Vater, Mutter und die kleine Eva an seinen Erlebnissen teilhaben, Stefan blieb etwas stiller. Er war kein Engel geworden, aber er gab sich sichtlich Mühe, mit der Situation zu Hause fertig zu werden. Amelie schob sein freundlicheres Betragen auf die Wirkung des Babys. Erst sehr viel später erkannte sie, daß Lilo und das Schloßgespenst die Veränderung bewirkt hatten.

Die Wohnung war zu eng für fünf Menschen, aber eine größere konnten Bergers nicht bezahlen. Weil nirgends für ein Kinderbett Platz war, schlief Eva im Kinderwagen. Das hatte den Vorteil, daß man sie überall hinschieben konnte, ohne sie aus dem Schlaf reißen zu müssen. Bei gutem Wetter stand der Wagen auf dem winzigen Balkon, bei schlechtem im Wohnzimmer, auf dem Flur oder in der Küche – je nachdem, wo Amelie zu tun hatte. Wenn sie auf der Grünfläche hinterm Haus Wäsche aufhängte, nahm sie das Baby mit und legte es auf einer Decke ins Gras. Nur für längere Spaziergänge schleppten sie den Kinderwagen die Treppe hinunter ins Freie, Vater und Söhne halfen dabei. Hannes bezeichnete das ständige Hin-und-Her seiner Jüngsten als »Evas Wanderjahre«.

Der September verabschiedete sich mit Sommerwetter.
»Es ist so heiß!« jammerte Jochen. »Ich will baden. Warum gibt es hier kein Freibad? Das bei Tante Lilo war ganz toll.«
Amelie zog den Stecker des Plätteisens aus der Dose und stellte das heiße Eisen hoch.
»Du hast recht«, sagte sie, »die Wäsche kann warten. Stefan ist bei seinen Funkerfreunden. Eva, du und ich, wir gehen an die Dahlke.«
Die Dahlke war ein Bach, der durch die Wiesen hinter der Stadtrandsiedlung floß. Das Wasser strömte in glitzernden Kringeln über die Kieselsteine auf dem Bachgrund. Verkropfte Weidenbäume standen wie Wächter an den Ufern. In ihren gilbenden Blättern spielten Sonnenstrahlen.
Jochen zog Schuhe und Strümpfe aus und patschte mit den Füßen im seichten Wasser. Als seine Jeans tropfnaß waren, streifte er sie ab und sprang in der Unterhose umher.
Eva lag im Kinderwagen und dirigierte mit beiden Händen unhörbare Musik. Mit den Augen folgte sie dem Zug der Wolken am Himmel. Sie war inzwischen drei Monate alt. Seit sie mittags einen Brei aus rohen Möhren und Zwieback bekam, hatten ihre runden Wangen die Farbe reifer Pfirsiche. Anstelle der glatten Haare, die sie bei ihrer Geburt gehabt hatte, ringelten sich helle Locken an den Schläfen.
Amelie freute sich am Anblick des spielenden Jungen und des zufriedenen Babys. Sie saß auf einem

Baumstumpf neben dem Kinderwagen und ließ ihre nackten Füße ins Wasser hängen. Jetzt fehlt nur noch eine Lerche, um das Idyll voll zu machen, dachte sie; aber der Fink dort in der Weide tut's auch . . .

Es gibt Tage, die sind wie verhext: gar nichts will einem gelingen und am Abend wünscht man die ganze Welt zum Teufel. An anderen Tagen schafft man alles, was man sich vornimmt, die Laune wird von Minute zu Minute besser und man wünscht, dieser Tag sollte 48 Stunden haben. Daß der Nachmittag an der Dahlke zu der erfreulichen Sorte gehörte, wurde Amelie erst klar, als ihr Traum Wirklichkeit geworden war. Aber angefangen hatte alles auf dem Rückweg vom Planschvergnügen an diesem heißen Sommertag im September.

Der unbefestigte Feldweg, der zum Bach hinunter führte, war ausgedörrt, die Räder des Kinderwagens wirbelten Staubwolken auf.

»Jochen, was hältst du von einem kleinen Umweg?« fragte Amelie. »Auf dem Nachtigallenweg kommen wir besser voran. Außerdem führt der Weg beim Bauern Aufderheide vorbei – du weißt doch, der die guten Äpfel hat!«

Jochen errötete und sah seine Stiefmutter von der Seite an. Amelie tat, als merkte sie nicht, daß er ein schlechtes Gewissen hatte. Natürlich wußte sie längst, daß die Jungens manchmal Äpfel aufhoben, die von dem alten Baum an der Hofeinfahrt fielen. Sie hatte darüber mit dem Bauern gesprochen.

»Jau, jau«, hatte der geantwortet, »sie sollen nur nix vom Baum herunterschlagen.« Das hatte sie ihm versprochen in der Hoffnung, daß Hannes' Söhne so etwas sowieso nicht tun würden.

Wo der Feldweg in den Nachtigallenweg mündete, stand ein vierrädriger Karren, wie er an Baustellen verwendet wird. Auf den Holzstufen, die ins Innere hinaufführten, saßen zwei Männer. Einer hatte den Kopf in den Nacken gebeugt und ließ Bier aus einer Metalldose in seinen Mund laufen. Der andere kratzte mit einem Schraubenzieher Dreck aus den Rillensohlen seiner Arbeitsstiefel. Im Inneren des Wagens waren andere Männer damit beschäftigt, ihre Arbeitskittel mit Straßenkleidung zu vertauschen.

Jochen zog Amelie am Ärmel, blieb stehen und starrte zu den Männern hinüber.

»Was machen die?« fragte er.

Der Biertrinker setzte die Dose ab, wischte mit dem Handrücken Schaumreste von seinen Lippen und antwortete: »Wir bauen.«

»Was baut ihr?« erkundigte sich Jochen.

»Häuser für neugierige kleine Buben«, schmunzelte der Mann.

Amelie hielt den Kinderwagen an. »Ein Kinderheim?« fragte sie erstaunt. »Davon habe ich noch gar nichts gehört.«

Der Stiefelkratzer unterbrach seine Arbeit und schüttelte den Kopf. »Nee, junge Frau, hier kommt eine Kinderreichensiedlung her«, knurrte er.

Amelie glaubte, sich verhört zu haben.
»Kinder-reichen-Sied-lung?« buchstabierte sie. »Sowas gibt's doch gar nicht! Sie wollen uns auf den Arm nehmen!«
»Gern!« lachte der Mann und streckte die Hand nach ihr aus.
»Laß die Frau in Ruhe!« schimpfte der Biertrinker.
»War doch bloß Spaß«, verteidigte sich der andere. »Aber im Ernst, junge Frau: Hier baut die Stadt Wohnblocks und Reihenhäuser für Familien. Wer die meisten Kinder hat, bekommt das schönste Haus.«
»Wer's glaubt!« sagte Amelie. Skeptisch betrachtete sie das aufgewühlte Feld. Noch war von Bauten nichts zu sehen, nur Raupenfahrzeuge hatten ihre Spuren ins Erdreich gedrückt. Amelies Fantasie gaukelte ihr Traumbilder vor: Sie sah das Gelände mit Häusern und Gärten bedeckt, bevölkert von Eltern und Kindern, Hunden und Katzen, Meerschweinchen und Schildkröten, Amseln in Starenkästen und Meisen in blühenden Fliederbüschen . . .
Sie schüttelte sich, der Spuk verschwand.
»Irgendjemand spinnt hier«, sagte sie.
Jochen sah sie mit aufgerissenen Augen an.
»Wenn's aber wahr wäre?« drängte er.
»Wenn unsere Oma Räder hätte, wär' sie'n Omnibus«, zitierte Amelie.
Nachdenklich schob sie den Kinderwagen durch den

Nachtigallenweg nach Hause. Bevor sie Hannes von der Sache erzählte, wollte sie Gewißheit haben.
Am nächsten Morgen, als die Jungen in der Schule waren und Eva nach ihrem täglichen Bad eingeschlafen war, ging Amelie aufs Rathaus. Der Sachbearbeiter im Planungsamt bestätigte, daß draußen am Stadtrand ein Wohngebiet für kinderreiche Familien entstehen sollte.
»Es kann aber zwei Jahre dauern, bis die Häuser bezugsfertig sind«, fügte er hinzu. »Zur Zeit wird das Gelände planiert.«
Er gab ihr einen Haufen Formulare, mit denen sich Bergers um Zuteilung einer Wohneinheit in der neuen Siedlung bewerben sollten. Abends breitete sie alles auf dem Küchentisch aus und erzählte Hannes von dem Plan.
»Das können wir nicht bezahlen«, sagte er.
»Mensch! Mann!« rief Amelie leidenschaftlich. »Für ein Haus würde ich putzen gehen oder auf der Straße singen oder im Zirkus zersägte Jungfrau mimen oder ein Buch schreiben oder sonst etwas Irrsinniges tun! Stell dir vor: für Familien mit drei Kindern sind Eigentumswohnungen vorgesehen, größeren Familien werden Reihenhäuser angeboten – auf Erbbauland, ganz billig! Oben drei Zimmer und Bad, unten Wohnzimmer, Küche und Klo, im Keller Abstellraum, Werkstatt und Waschküche. Und unterm Dach kann man auch noch ausbauen.«
»Krieg ich dann ein eigenes Zimmer?« fragte Jochen.

»Wer soll das finanzieren?« erkundigte sich Stefan. Amelie zögerte einen Augenblick, dann lachte sie ihm ins Gesicht. »Keine Ahnung! Natürlich haben wir kein Geld. Wir müssen es irgendwo leihen.«
Stefan preßte die Lippen zusammen. »Leuten wie uns leiht niemand etwas!« stieß er hervor.
Amelie erschrak vor dem Ausdruck von Verzweiflung, der das Gesicht des Jungen entstellte. Bevor sie sich gefaßt hatte, fuhr Stefan fort: »In meiner Klasse hat keiner so viele Geschwister wie ich. Sie lachen und sagen, wir seien Zigeuner.«
»Pfeif drauf, was die Leute sagen!« rief Hannes. »Sie sind nur neidisch.«
Amelie fühlte etwas in sich hochsteigen – sie wußte nicht, war es Wut über die Vorurteile vieler Menschen? Oder Ekel vor der Rohheit, mit der die Klassenkameraden Stefan aus ihrer Gemeinschaft herausdrängten, nur weil er anders lebte als sie: weniger großartig, weniger schick, weniger aufwendig? Kurz und hart: weil wir arm sind, dachte sie. Laut sagte sie: »Mir tun Einzelkinder leid. Wenn sie mit jemandem spielen wollen, müssen sie von einem zum andern laufen und um Freundschaft betteln. Ihr habt immer Spielgefährten.«
Stefan lachte auf.
»Was habe ich davon?« höhnte er. »Zu Hause kann man sich vor lauter Menschen nicht rühren und in der Schule ist man allein.«
»Ich habe viele Freunde«, widersprach Jochen.
Natürlich, dachte Hannes. Du gehst auf die Men-

schen zu, lachst sie an und sie haben dich lieb. Wenn du deinem Bruder etwas abgeben könntest von deiner Fröhlichkeit . . .
Später, während der Jahre von Jochens schwerer Krankheit, dachten die Eltern Berger oft an diesen Tag zurück. Sie hatten geglaubt, das Leben dieses liebenswürdigen Kindes würde einfacher sein als Stefans. Wie voreilig hatten sie geurteilt! Wie wenig hielt sich das Schicksal an Pläne und Voraussagen! Aber die Prophezeiung, mit der Amelie das Gespräch beendete, sollte wider Erwarten in Erfüllung gehen: »Ich sage euch, Leute, wir schaffen es! Bald wohnen wir im Eigenen und pfeifen auf alle Neidhammel!«

* * *

Hannes unterschrieb die Formulare und Amelie trug sie aufs Rathaus. Dann hörten Bergers lange nichts mehr davon. Die Arbeiten am Nachtigallenweg gingen nicht voran. Im Winter schneite die Baustelle ein. Das Frühjahr kam – nichts rührte sich.
Das heißt: etwas rührte sich schon, nämlich neues Leben in Amelies Bauch. Sie lachte, als sie Hannes die Neuigkeit verkündete.
»Bis die Siedlung steht haben wir vier Kinder und damit Aussicht auf ein eigenes Haus. Wie haben wir das hingekriegt?«
»Perfekte Planung«, gab Hannes zu. Aber ganz wohl war ihm nicht dabei, denn die Finanzierung war immer noch nicht gesichert.

Endlich, im Juni, rückten die Baufirmen an. Fast täglich standen Bergers an der Baustelle und sahen zu. Große Bagger schaufelten Erdbrocken auf wartende Lastwagen, die dann knirschend und schaukelnd über das aufgewühlte Gelände davonfuhren.

»Wo bringen die das Land hin?« wollte Jochen wissen.

»Der Aushub kommt auf den städtischen Auffüllplatz«, erklärte Hannes. »Aber die Haufen dort am Wegrand, das ist Humus. So nennt man die gute Erde, die später wieder ausgebreitet wird, damit wir im Garten Salat und Radieschen säen können.«

Er stapfte über die aufgerissene Erde, die Jungen im Gänsemarsch hinterher. Amelie konnte Eva nicht allein lassen, die im Sportwagen eingeschlafen war. Also blieb sie am Rande des Baugeländes stehen und kam sich vor wie eine Glucke, die Enten ausgebrütet hat und tatenlos zusehen muß, wie sie davonschwimmen.

Einige Tage später wurden Laufschienen verlegt und gelbe Krane aufgerichtet. Wie Spinnenarme fuhren die Kranausleger über den Himmel, schwenkten Betonkübel oder trugen Ziegelsteine, metallbandverpackt, auf hölzernen Paletten. Langsam wuchsen acht Wohnblocks empor, parallel aufgereiht wie die Tasten auf einem Klavier. Auf der Außenseite der ringförmig angelegten Straße entstanden vier Gruppen von je acht Reihenhäusern und am Ende einer kurzen Sackgasse ein Doppel-

haus. Leßmanns und Bergers waren die kinderreichsten Antragsteller (das Ungeborene eingerechnet). Deshalb schlug die Stadtverwaltung vor, daß Leßmanns – deren fünf Kinder schon größer waren – die hintere Hälfte des Doppelhauses bewohnen sollten und Bergers die vordere. Ein paar tausend Mark mußte jede Familie selbst aufbringen, die Hauptkosten waren durch Kredite abgedeckt.
Es war eigentlich nicht viel, was Bergers bezahlen sollten. Aber wenn man gar nichts besitzt, außer Mut und Kindern, ist die kleinste Summe schon zu groß. Woher nehmen und nicht stehlen? Das war jetzt die Frage. Stefan hatte richtig vermutet: niemand lieh ihnen etwas.
»Ich wußte, daß die Sache einen Pferdefuß hat«, schimpfte Hannes. »Sozialer Wohnungsbau, Kinderreichensiedlung, das klingt prima. Aber woher soll ein Mann wie ich Eigenkapital haben? Alles, was ich verdiene, geht für den Haushalt drauf.«
Amelie war unglücklich, weil Hannes traurig war – und überhaupt. Es war halt ein schöner Traum, sagte sie sich. Doch je länger sie darüber nachdachte, desto klarer wurde ihr: so schnell dürfen wir nicht aufgeben ...
Abends lief sie zum Telefonhäuschen. Nach 22 Uhr – weil Nachttarif billiger war – rief sie in Berlin an.
»Mamuschka? Hallo, hier ist Amelie. Nein, nichts ist passiert, es geht uns gut, alle sind gesund. Aber das Haus ... heute waren wir auf dem Rathaus.

Stell dir vor, wir sollen das halbe Doppelhaus kriegen, nächstes Ostern könnten wir einziehen. Aber jetzt kommt's: vorausgesetzt wir bezahlen ein paar tausend Mark. Und die haben wir nicht. Der Neubau ist bis zum Dach mit Hypotheken belastet und die Bank gibt uns nichts wegen dem geringen Einkommen von Hannes. Das Haus müssen wir uns an den Hut stecken, bildlich gesprochen. Hannes ist ratlos, er fühlt sich als Versager und ich ... Du siehst einen Ausweg? Spann mich nicht auf die Folter ... Über ungelegte Eier spricht man nicht – ja, den Spruch kenne ich, du hast ihn uns oft genug vorgehalten. Nein, mir ist nicht zum Lachen, ehrlich. Wenn das mit dem Haus nicht klappt ... und ich krieg wieder ein Kind ... Du schreibst mir? Natürlich freue ich mich! Mir ist schon viel wohler, seit ich mit dir gesprochen habe. Gute Nacht, Mama, schlaf gut und denk an mich.«
Klick! Aufgelegt. Amelie ist gut, dachte Thea Gregor. Packt mir ihr Sorgenbündel auf und wünscht mir anschließend eine gute Nacht ... als ob ich schlafen könnte, wenn ich nachdenken muß.
Das rote Licht über der Tür von Zimmer 3 flammte auf, eine Patientin rief nach ihr. Thea Gregor stand auf und verschob ihre Familienprobleme auf später.
Drei Tage darauf erhielten Bergers folgenden Brief:
»Liebe Tochter, lieber Schwiegersohn! Ich habe mir Euer Haus durch den Kopf gehen lassen. Die Gele-

genheit ist einmalig und Ihr braucht ein Dach für (bald) sechs Leute. Seit ich das Heim leite, habe ich etwas Geld zurücklegen können. Eigentlich war es als Vorsorge für meine alten Tage gedacht. Aber ich bin noch rüstig und kann arbeiten. Später muß ich halt sehen, wie ich mit meiner winzigen Rente auskomme – jetzt gehen Kinder und Enkel vor. Ihr braucht das Geld für die Anzahlung und Ihr sollt es haben. Bitte gebt mir Eure Kontonummer an, damit ich es überweisen kann. In Liebe Eure Mutter.«

* * *

An Evas zweitem Geburtstag standen Bergers vor dem Rohbau ihres Hauses und blickten zum Dachfirst empor. Auf der Spitze des Holzgerippes stand eine kleine Fichte, an deren Ästen bunte Tücher flatterten. Das Richtfest war eben vorüber. Der Polier hatte seinen Spruch gesagt, ein Glas war auf dem Boden zerschellt. Anstelle eines Festessens hatten die Handwerker Bargeld vorgezogen, daher war nach einer Viertelstunde alles vorüber. Maurerpolier, Zimmermann, Architekt und der Vertreter der Stadt schüttelten Leßmanns und Bergers die Hände und gingen heim. Familie Leßmann, die künftigen Nachbarn, gingen auf ihre Seite des Doppelhauses hinüber.
Amelie fiel ihrem Mann um den Hals. »Ein halbes Haus für uns allein!« jubelte sie.
Hannes drückte seine Frau an sich, dann schob er sie auf Armeslänge von sich weg, sah ihr ins erhitzte

Gesicht und sagte: »Es hat geklappt, weil es klappen *mußte*!«
Amelie fand, er sehe mit einem Mal zehn Jahre jünger aus. »Du ungläubiger Thomas wolltest aufgeben!« lachte sie.
Hannes nickte. »Wenn Mutter nicht gewesen wäre, hätten wir unseren Haustraum begraben müssen.«
Arm in Arm beobachteten sie Stefan und Jochen, die über eine lange Leiter in den Dachgiebel hinaufkletterten. Amelie wollte ihnen folgen, aber nach zehn Sprossen fand sie, die Leiter schwanke zu sehr. Als sie wieder auf der Erde stand, meinte sie trokken: »Davon wird mein Baby seekrank.«
Hannes lachte. »Eine Frau im neunten Monat hat auf Leitern nichts verloren.«
Jochen streckte seinen Kopf durch die Höhlung des Giebelfensters und schrie: »Ein Tanzsaal hier oben, absolute Spitzenklasse!«
Stefan äußerte sich nicht. Aber seinem Gesicht sah man an, daß die Aussicht auf ein eigenes Zimmer ihn glücklich machte. Beide Jungen waren außerdem guter Laune, weil die Sommerferien vor der Tür standen. Stefan wollte an einem Funker-Zeltlager an der Nordsee teilnehmen und Jochen fuhr mit seiner Jungschar mit dem Fahrrad in die Rhön.
Hannes hatte Urlaub beantragt, um seine Frau und die kleine Eva nach Berlin zu begleiten. Ja, es war entschieden: auch das nächste Baby sollte in Berlin geboren werden. Im Damenheim war ein Zimmer

freigeworden: kurz vor ihrer völligen Erblindung war Frau Görlitz freiwillig aus dem Leben geschieden. Neben den leeren Tablettenröhren auf ihrem Nachtschrank hatte ein Abschiedsbrief gelegen, in dem sie ihre Tat erklärte: als gläubige Christin wisse sie, daß Selbsttötung eine Todsünde sei, aber Gott werde ihr verzeihen. Sie habe ihm vorgegriffen, um nach einem aktiven Leben ihren Mitmenschen nicht als taub-blind-Sieche zur Last zu fallen.
Ihr Tod verursachte große Aufregung unter den Rentnerinnen. Thea Gregor brauchte all ihre Beschwichtigungs- und Erklärungskünste, um die alten Damen zu beruhigen. Die Kriminalpolizei schaltete sich ein und stellte fest, daß kein »Fremdverschulden« vorlag. Nach der Beerdigung wurde das Zimmer frisch gestrichen. Bis zur Wiedervermietung hielt Oma Gregor es über die Sommerferien für die Familie ihrer Tochter frei.
Abends, wenn Eva schlief, wollten Hannes und Amelie ins Theater oder in die Oper gehen, Museen und alte Freunde besuchen; mittags würden sie die guten Dinge essen, die Klara für ihren »kleinen Liebling« (so nannte sie Eva) besonders liebevoll zubereitete. Solange Amelie im Krankenhaus war, würde Hannes sich vormittags um Eva kümmern; nachmittags könnte er seine Frau besuchen, während Oma die Kleine hütete.
Es war alles perfekt geplant – und wäre trotzdem beinahe schief gegangen . . .

8. Kapitel:

Das dicke Ende kommt nach

Die Straße nahm kein Ende. Immer, wenn Jochen dachte, hinter dem nächsten Hügel müßte endlich die Jugendherberge auftauchen, sah er wieder nichts als Straße, Felder, Wald – und darüber die Sonne. Bergab flatterten Hemd und Haare und der Fahrtwind strich kühlend über die heiße Haut. Aber beim nächsten Anstieg legte sich der Schweiß wie eine Lackschicht auf Hals und Gesicht und verharschte zu einer juckenden Kruste.

Jochen biß die Zähne zusammen. Jeder Muskel an seinem Körper schmerzte. Trotzdem trat er in die Pedale, als gelte es, die Erdkugel an einem Tag zu umrunden. Er starrte auf das Hinterrad seines Vordermannes: an dem mußte er dranbleiben! Nur nicht noch einmal schlapp machen! Am zweiten Tag der Ferientour hatte die Gruppe eine ganztägige Pause einlegen müssen, damit Jochen sich von einem Schwächeanfall erholen konnte. Der Jungscharleiter hatte nichts gesagt, aber Jochen empfand sein Schweigen als Aufforderung, hart gegen sich selbst zu sein. Auswetzen konnte er die Schlappe nicht, aber vielleicht vergessen machen . . .

Der Unfall passierte am Ortseingang. Jochens Fahrrad berührte den Randstein des Bürgersteigs, kippte zur Seite, streifte einen Baum und blieb im Straßen-

graben liegen. Da Jochen als Letzter gefahren war, merkte der Gruppenleiter erst am Scheppern des Rades, daß etwas passiert war. Er lehnte sein Fahrrad gegen die Mauer des ersten Hauses und rannte los. Jochen lag im Gras, bleich, mit geschlossenen Augen. »Sanitäter zu mir!« rief der Leiter. »Die anderen fahren zur Juhe. Karl, du übernimmst das Kommando.«
»In Ordnung«, rief der Angesprochene über die Schulter zurück, »kommt, Leute!« Er schob sein Rad den Berg hinauf zur Jugendherberge, die oberhalb des Dorfes am Waldrand lag. Die Gruppe folgte ihm schweigend.
Während zwei Jungen bei Jochen Wache hielten, spurtete der Jungscharleiter ins nächste Haus und telefonierte nach einem Krankenwagen. Jochen erwachte vom »tatü-tata« der Sirene. Er spürte, daß er mit einer Jacke zugedeckt war. Unterm Kopf fühlte er den Reißverschluß eines zusammengerollten Schlafsacks. Er wollte sich aufrichten, aber eine Hand hielt ihn fest und eine Stimme sagte: »Liegenbleiben.«
Jochen blinzelte. Das Gesicht, das sich über ihn beugte, verschwamm vor seinen Augen, so, als hielte jemand eine Glasplatte zwischen ihn und die Welt. Er wollte etwas fragen, aber seine Stimme gehorchte ihm nicht.
»Entspann dich«, sagte das Gesicht.
Es hört sich an, als hätte er Watte im Mund, fand Jochen. Quietschende Bremsen, blockierende Rä-

der, das Klappen von Autotüren und halblaute Rufe – alles vermischte sich zu einem unklaren Geräusche-Brei. Bahre, Träger, Notarztwagen – Jochen nahm sie als wandernde Schemen wahr. Er fühlte, daß er aufgehoben wurde. Beim Rütteln des anfahrenden Krankenwagens verlor er zum zweiten Mal das Bewußtsein. Erst auf der Unfallstation des Krankenhauses kam er wieder zu sich. Er sah einen Mann im weißen Kittel, der ein großes graues Foto vor das helle Licht einer Mattscheibe hielt.
»Glück gehabt, junger Mann«, sagte der Arzt. »Nichts gebrochen. Verdacht auf Gehirnerschütterung.«
»Ich will . . .« flüsterte Jochen.
»Erstmal wirst du eine Weile lang gar nichts wollen«, unterbrach ihn der Arzt. »Drei Tage absolute Bettruhe, dann sehen wir weiter.«
»Aber die Gruppe . . .«
Der Mann winkte ab. »Mach dir um deine Freunde keine Sorgen«, sagte er. »Wir haben eine supermoderne Jugendherberge, dort sind sie gut aufgehoben. Morgen werden sie dich besuchen.«
»Ich will . . .«
Der Arzt drohte mit erhobenem Zeigefinger: »Schon wieder: will! Kranke dürfen nur eines wollen, nämlich schnell gesund werden. Alles andere ist unsere Sache, klar?«
Jochen schloß die Augen. In seinem Kopf summte es wie in einem Bienenkorb, bevor das Volk ausschwärmt.

»Schlaf jetzt«, sagte der Arzt. »Wenn du aufwachst, sagst du uns, wie wir deine Eltern erreichen können.«
»Welcher Tag ist heute?«
»Der elfte August.«
»Was für ein Wochentag?«
»Samstag.«
»Samstag?«
»Sonnabend, falls du das besser verstehst.«
Jochen zog die Brauen zusammen. Das Nachdenken fiel ihm schwer. »Stefan ist an der Nordsee, Papa mit Mutti und Eva sind bei Oma und kriegen ein Kind . . .«
»Du hast eine große Familie?« sagte der Arzt; es war mehr Frage als Feststellung. Jochen verzog sein Gesicht zu einem mißglückten Lächeln. Der Arzt deutete sein Mienenspiel als Zustimmung.
»Fein«, fuhr er fort, »dann wollen wir schnell wieder auf die Beine kommen, damit deine Leute sich keine Sorgen machen.«
Er winkte einem Pfleger, der die weißbezogene Bahre auf den Korridor hinausschob. Mit dem Fahrstuhl ging es in den dritten Stock. Jochen wurde auf ein Bett geschoben. Die drei Patienten, die im gleichen Raum lagen, wendeten nicht einmal die Köpfe. Jeder war mit seinem Leiden beschäftigt und kümmerte sich nicht um die anderen. Jochen starrte gegen die weißgetünchte Decke, ohne sie bewußt zu sehen. Selbst zum Denken war er zu müde. Er schlief die meiste Zeit. Da keine Komplikationen

eintraten, wurde er nach drei Tagen entlassen. Der Arzt riet ihm, die Radtour abzubrechen. Aber Jochen wollte nicht.
»Meine Eltern kommen erst Ende der Ferien nach Hause«, erklärte er. Den Vorschlag, mit der Bahn nach Berlin oder zu seiner Tante nach Lambach zu fahren, verwarf er: Sein Geld hätte nicht gereicht und borgen haßte er.
Der Jungscharleiter lobte ihn für seinen Entschluß, weiterzumachen. Die Gruppe hatte den unfreiwilligen Aufenthalt zu Tagesausflügen, Geländespielen und einem Besuch im Waldschwimmbad genutzt. Jetzt beschlossen die Jungen, nicht weiter nach Süden zu fahren, sondern in einem Bogen am Main entlang die Heimreise anzutreten. In den ersten Tagen nahmen sie noch auf Jochen Rücksicht. Wenn jemand ihn fragte, antwortete er: es geht mir gut. Von den Kopfschmerzen, die täglich schlimmer wurden, sprach er nicht. Er wollte kein Versager sein.
Am vorletzten Ferientag trafen die Jungen wieder in Gütersloh ein. Stefan kam braungebrannt von der Nordsee heim, Jochen erzählte von der »tollen« Fahrradfahrt. Den Unfall verschwieg er.
Die Eltern waren schon eine Woche vorher mit den Töchtern aus Berlin zurückgekehrt. Karola, so hieß das neugeborene Baby, paßte kaum in die Tragetasche, in der ein Jahr zuvor Eva die Heimreise angetreten hatte. Im Gegensatz zu ihrer blonden Schwester hatte Karola schwarze Haare, die zu einem

»Hahnenkamm« hochgebürstet waren. Amelie fand, sie sei Vater Hannes wie aus dem Gesicht geschnitten; Stefan meinte, sie sähe der Oma ähnlich, Hannes stoppte weitere Vergleiche mit der Feststellung: »Sie sieht nicht aus wie irgend jemand anderes, sondern wie – Karola.«
Jochen betrachtete das kugelrunde, großäugige Gesicht des Babys eine Weile, dann stellte er fest: »Sie sieht wie eine Kuller aus.« Eva wiederholte: »Tulla!«
Amelie dichtete:

»Karolachen, Karullerchen,
Muttis kleines Kullerchen.«

»Mir scheint«, bemerkte Vater Hannes, »unsere Jüngste hat ihren Spitznamen weg!«
Gelächter flog zwischen Eltern und Kindern hin und her wie ein Fangeball. Amelie war die erste, die merkte, daß Jochen nicht mitlachte. Erschrocken fragte sie: »Was hast du?«
Aber Jochen antwortete nicht. Er stand verkrampft da, mit angewinkelten Armen und halb emporgewandtem Gesicht. Seine Lippen waren verzerrt, seine Augen starr. Als Stefan ihn anstieß, kam er zu sich, lächelte entschuldigend und wiederholte: »Wie eine kugelrunde Kuller.« Offensichtlich hatte er den letzten Teil der Unterhaltung nicht gehört: sein Satz knüpfte an das an, was er eine volle Minute früher gesagt hatte.
Hannes überspielte die Situation mit einem lässig hingeworfenen: »Recht haste, Jochen! Karola ist ein

Kullerchen.« Da lachte Jochen auch. Aber Amelie stimmt nicht ein in die verspätete Fröhlichkeit. Der Schreck über Jochens seltsames Verhalten war ihr in die Knochen gefahren. Sie kannte die Anzeichen der Krankheit – eine entfernte Verwandte hatte ihr Leben lang unter Absencen gelitten. Bei Jochen hatte sie bisher nie etwas bemerkt. Erst als der Junge den Fahrrad-Unfall beichtete, wußte Amelie Bescheid: die Gehirnerschütterung war nicht ausgeheilt. Das dicke Ende kam erst nach!

Wochenlang beobachtete Amelie den Zwölfjährigen, konnte jedoch kaum eine Veränderung feststellen. Jochen war lieb und hilfsbereit wie immer, spielte mit Eva im Laufstall und strahlte vor Stolz, als er das neue Baby zum ersten Mal im Arm halten durfte.

Dann kam der Brief seines Lehrers. Die Eltern wurden gebeten, in die Sprechstunde zu kommen. Hannes war gerade auf einer Geschäftsreise in Bremen, also mußte Amelie alleine in die Schule gehen. Sie setzte Eva, winterlich vermummt, auf das Fußende von Karolas Kinderwagen und bewältigte den Weg zu Fuß in einer Dreiviertelstunde.

Der Pausenhof wimmelte von Schulbrot-essenden, Hopse-spielenden, herumlungernden und um-die-Wette-laufenden Kindern. Die aufsichtführende Lehrerin begleitete Amelie zum Hausmeister, der sich bereiterklärte, das schlafende Kind im Wagen zu hüten. Mit Eva an der Hand stieg Amelie die breiten Treppen empor zum Lehrerzimmer.

Jochens Klassenlehrer begrüßte sie an der Tür und bot ihr einen Stuhl an. Amelie zog ihrer Tochter Mantel und Mütze aus, nahm sie auf den Schoß und setzte sich dem bärtigen jungen Mann gegenüber. Eva patschte mit beiden Händen auf die pädagogischen Zeitschriften, die vor ihr auf dem Tisch lagen. Der Lehrer legte seine Stirn in Falten, sagte aber nichts.

»Sie haben mich hergebeten«, begann Amelie, »um was handelt es sich?«

»Um Jochen.«

»Das dachte ich mir.«

»Er hat in seinen Leistungen nachgelassen.«

»Und?«

Der junge Pädagoge schien irritiert.

»Die meisten Eltern nehmen schlechte Schulnoten ihrer Kinder weniger gelassen hin«, sagte er. Als Amelie ihn freundlich abwartend anschaute, ohne zu antworten, fuhr er fort: »Es ist nicht nur der auffällige Leistungsrückgang. Jochen hat hin und wieder seltsamte Anfälle von Geistesabwesenheit. Er unterbricht sich selbst mitten im Satz und fährt nach kurzer Pause fort, wo er aufgehört hat. Was mir besonders auffällt, ist sein starrer Ausdruck: er dreht den Kopf zur Seite und hebt das Gesicht schräg nach oben; dabei hält er die Arme angewinkelt, als hätte er einen Muskelkrampf.«

»Also doch!« war alles, was Amelie hervorbrachte. Das Atemholen fiel ihr schwer.

»Ich dachte, ich müßte es ihnen mitteilen«, sagte der Lehrer.
»Wie oft?« fragte Amelie.
»Zuerst nur einmal in der Woche, aber jetzt hat er fast täglich einen Anfall«, antwortete der Lehrer in einem Tonfall, als wollte er sich entschuldigen.
Amelie dachte an ihre Verwandte, die noch nicht zwanzig gewesen war, als die Familie sie in eine Nervenheilanstalt bringen mußte; dort war sie wenige Jahre später gestorben . . . Ein Schauer lief ihr den Rücken entlang. Sie legte beide Arme um Eva und drückte sie an sich. Durch die Berührung fand sie ihr inneres Gleichgewicht wieder. Sie nahm das Kind auf den Arm und erhob sich. Mühsam brachte sie ein Lächeln zustande.
»Jochens Absencen sind die Folgen eines Sturzes«, sagte sie. »Wir werden ihn sofort in ärztliche Behandlung geben. Ich bin Ihnen dankbar, daß Sie mir Ihre Beobachtungen mitgeteilt haben.«
Der junge Mann seufzte hörbar. Offensichtlich erleichtert gab er Amelie die Hand, tupfte mit seinem Zeigefinger auf Evas Nase und murmelte: »Nichts für ungut! Ich hoffe, ich habe Sie nicht erschreckt.«
»Nein«, erwiderte Amelie, »Sie haben mir nur bestätigt, was ich nicht wahrhaben wollte. Sie wissen: wenn Menschen Schlimmes widerfährt, neigen sie dazu, den Kopf in den Sand zu stecken, anstatt das Übel anzupacken. Das ist jetzt vorbei.«

* * *

Bergers liefen von Arzt zu Arzt. Der eine behandelte Jochen mit Klapperschlangengift, der andere mit Spritzen, der nächste mit Wassergüssen und Einreibungen. Es änderte sich nichts. Jochen bekam seine Anfälle immer häufiger – vor dem Frühstück, auf dem Schulweg, beim Fußballspielen, während der Hausaufgaben. Bereits beim nächsten Zeugnis wurde deutlich, daß er das Gymnasium verlassen mußte. Ein halbes Jahr lang besuchte er die Realschule, aber auch dort kam er nicht mit. Er blieb willig und bemüht, alle Anforderungen zu erfüllen, aber er konnte sich nicht konzentrieren. Eine Rechenaufgabe, die er heute verstand, hatte er am nächsten Tag wieder vergessen.

* * *

Ende Februar konnten Bergers in das halbe Doppelhaus am Nachtigallenweg einziehen. Stefan und Jochen wohnten unterm Dach. Mit Hilfe von Schränken wurde der große Raum, der über die volle Länge des Hauses ging, in zwei Zimmer unterteilt. Stefan dekorierte seine Hälfte mit allen Antwortkarten, die ihm seine Funker-Freunde im Laufe der Jahre geschickt hatten. Auf dem Dach errichtete er eine Antenne. In jeder freien Minute saß er vor seiner selbstgebauten Station und unterhielt sich mit Funkern in aller Welt – Jacques aus Kanada und Iwan in Moskau waren seine bevorzugten Partner; aber er hielt auch Kontakt mit Jungen aus der Nähe, die er im Lager an der Nordsee kennengelernt hatte.

So wortkarg er zu Hause war, mit den Funker-Freunden ging ihm der Gesprächstoff nie aus. Da Englisch die Sprache der Amateurfunker ist, hatte er in diesem Fach in der Schule eine Eins. Seit er sich zurückziehen konnte und sein Hobby pflegte, störte er den Familienfrieden nur noch selten.
Jochen beklebte seine Wände mit Tierbildern, Fotos von exotischen Pflanzen und mit Postern seiner Lieblings-Musiker. Jemand schenkte ihm ein ausrangiertes Transistor-Radio, das er reparieren konnte. Seitdem lag er oft auf seinem Bett und hörte Musik. Bei hartem Rock stellte er den Apparat auf volle Lautstärke und tappte mit den Füßen den Rhythmus gegen die Wand. Nach kurzer Zeit beklagten sich Leßmanns über den Krach. Da nahm Jochen sein Radio ans Ohr und zog sich die Bettdekke über den Kopf.
Im mittleren Stockwerk war das Schlafzimmer der Eltern, daneben eine Schrank-Kammer. Die kleinen Mädchen schliefen und spielten im angrenzenden Raum. Das Wohnzimmer im Erdgeschoß konnte man endlich als bewohnbar bezeichnen – es war nicht mehr, wie in der 2-Zimmer-Wohnung, ein Spiel-Wohn-Schlafzimmer. Die Liegen waren mit den Jungen unters Dach gewandert und hatten einem Klappsofa Platz gemacht, das gleichzeitig als Gästebett diente.
Es war bestimmt nicht luxuriös, das Haus am Nachtigallenweg, aber Bergers hätten es nicht gegen eine Filmstarvilla in Hollywood eingetauscht. Sie freuten

sich über jede Kleinigkeit und genossen, was besser geworden war: mehr Raum, mehr Luft – und ein großer Garten.

»Pflanzen macht mehr Spaß als Haushalt«, erklärte Amelie. »Im Haus ist die Arbeit immer gleich: saubermachen, was wieder dreckig wird; Betten zudekken, die abends wieder aufgerissen werden; kochen, was innerhalb weniger Minuten vertilgt wird... Aber einen Garten anlegen, aus Brachland etwas schaffen, was es vorher noch nicht gab – graben, säen, hacken, ernten – das ist fast so schöpferisch wie's Kinderkriegen.«

Hannes räusperte sich. »Ich stelle fest«, sagte er mit vieldeutiger Betonung, »daß man das eine tun kann und das andere nicht lassen muß.«

Er brauchte niemandem in der Familie zu erklären, was er damit meinte. Im Laufe des Sommers wurde es sichtbar: Amelies drittes Kind war unterwegs.

»Wir halten es mit den Traditionen aus der guten alten Zeit«, verkündete sie jedem, der es hören wollte. »Zum neuen Haus ein neues Kind – das ist ein alter Volksglaube.«

Gerd und Babsi, die seit einem Jahr verheiratet waren und in Paris lebten, fragten brieflich: muß das sein? Ihre Freizeit sei mit Geselligkeit, Theater und Oper so ausgefüllt, daß sie noch keine Zeit für Kinder hätten. Gerd bezeichnete seine Schwester als ›die Unverwüstliche‹.

Aber dann kam ein Schlag, dem selbst Amelie nicht gewachsen war.

* * *

Mittwochmorgen. Hannes war zu einer Tagung nach Hamburg gefahren, Stefan hatte das Haus verlassen, um zur Schule zu gehen, die Kleinen schliefen noch.
Jochen mußte erst zur zweiten Stunde; er verabschiedete sich mit einem fröhlichen »Tschüß, Mutti!« und knallte die Küchentür zu. Amelie wollte gerade sein Frühstücksgeschirr abräumen, als sie in der Diele ein Poltern hörte. Sie riß die Tür auf. Zu ihren Füßen lag Jochen. Seine Arme und Füße zuckten, der Kopf stieß in rhythmischen Schlägen gegen die Wand. Zwischen den verzerrten Lippen zerplatzten Speichelblasen. Amelie fiel neben dem um sich schlagenden Jungen in die Knie. Vergebens versuchte sie, ihn festzuhalten. Er stirbt, mein Gott, er stirbt! dachte sie.
Verzweifelt raffte sie sich auf, stolperte zur Haustür und schrie den Namen der Nachbarin.
Frau Leßmann beugte sich aus einem Fenster im ersten Stock. Ein Blick in Amelies tränenüberströmtes Gesicht machte Fragen überflüssig. »Ich komme!« rief sie.
Hilflos standen die beiden Frauen vor dem Kranken. Langsam verebbten die Zuckungen, Jochen lag still. Er war bewußtlos.
»Wir müssen ihn ins Bett bringen«, sagte Amelie.
Mit dem Ellbogen drängte Frau Leßmann sie zur Seite. »Ich mach das schon«, sagte sie. »Das ist keine Arbeit für eine Schwangere.«
Sie schob ihre Arme unter die schmalen Schultern

und Hüften des Jungen. Amelie hielt die Wohnzimmertür auf.
»Legen Sie ihn aufs Sofa«, hauchte sie. Dann gaben ihre Knie nach. Auf allen Vieren kroch sie zu einem kleinen Sessel und zog sich daran hoch. Als sie saß, wurde ihr schwarz vor Augen, bunte Ringe und glänzende Sterne tanzten um die Wette. Undeutlich hörte sie die Nachbarin »Auch das noch!« rufen. Ohne ihre Augen zu öffnen flüsterte Amelie: »Es geht gleich wieder. Bitte kümmern Sie sich um Jochen.«
Frau Leßmann legte den Jungen hin und deckte ihn mit einer Decke zu, die Oma Gregor gehäkelt hatte.
»Er schläft«, sagte sie, »jetzt ist die Mutter dran. Sie müssen sich schonen, sonst verlieren Sie Ihr Baby. Ich mache Tee, der wird uns gut tun nach der Aufregung. Sie sind ganz gelb um die Nase. Soll ich Ihren Mann im Verlag anrufen?«
»Er kommt erst am Freitag zurück«, seufzte Amelie.
Frau Leßmann stemmte beide Fäuste in die Seiten. »Wat'n Leichtsinn, 'ne Frau in diesem Zustand allein zu lassen«, schimpfte sie. »Noch dazu, wo'n Kranker im Haus is. Zwee fremde Kinder un zwee Lütte un nu det Nächste . . .« Wenn sie wütend war, redete sie breites westfälisches Platt.
Amelie straffte sich und sah der Nachbarin ins Gesicht. »Stefan und Jochen sind keine fremden, sondern *unsere* Kinder«, erklärte sie, mit der Betonung auf dem besitzanzeigenden Fürwort.

Frau Leßmann hob ihre Hände mit einer beschwichtigenden Geste.
»Nicht aufregen!« mahnte sie. »Was mein Mann ist, der spricht immer: Hut ab vor der Frau! Ich hab auch fünfe, ich weiß wovon ich rede. Alles eigene und nu sin'se auch schon groß. Die Älteste erwartet was Kleines, da werd ich bald Großmutter, wie die Zeit vergeht . . .«
Amelie fühlte sich zu schwach, um den Redestrom der Frau einzudämmen. Sie war überrascht, daß es Menschen gab, die sich über sie Gedanken machten. War es etwas Besonderes, wenn sie jeden Tag das Notwendige tat? Mann, Kinder, Haus, Garten – mir bleibt keine Zeit für Selbstmitleid, dachte sie. Früher habe ich mir ausgemalt, was ich alles tun wollte, wenn ich verheiratet wäre und nicht mehr zur Arbeit gehen müßte. Ich würde Zeit haben für Bücher, Theater, Musik, Handarbeiten, Basteln, Malen, Modellieren. Dann bin ich Hannes begegnet. Alle haben mich gewarnt: Du hast keine Erfahrung mit Kindern, der Haushalt wird dich auffressen, du gibst dich und deine Freiheit auf – was Wohlmeinende so reden, wenn ein berufstätiges Mädchen einen Witwer mit Kindern heiraten will. Ich habe erwidert: Er liebt mich und die Kinder, ich liebe ihn und die Kinder. Alles andere wird sich finden . . .
Die Nachbarin brachte den Tee.
»Trinken Sie und dann legen Sie sich hin«, befahl sie. »Ich gucke später noch mal herein.«
»Vielen Dank für Ihre Hilfe«, sagte Amelie.

Als sie allein war, drehte sie den Sessel so, daß sie Jochen beobachten konnte. Der Junge atmete ruhig. Amelie fühlte, wie ihr Körper schwer wurde. Vergeblich wehrte sie sich gegen den Schlaf. Ich muß wach bleiben, dachte sie. Jochen . . . Arzt . . . Hannes . . . Mutter . . . an-ru-fen . . .

Als Frau Leßmann wiederkam, stand Amelie am Herd und kochte Windeln in einem großen Aluminiumtopf. Das Mittagsgeschirr war abgewaschen, die Betten gemacht, Karola gebadet, gewickelt und gefüttert. Eva saß in ihrem Klappstuhl und spielte Puppenverkleiden. Jochen lag auf der Kippcouch, hatte den linken Arm aufgestützt und half seiner Schwester. Eva krähte vor Vergnügen und brachte Jochen zum Lachen. Frau Leßmann strich ihm über die ungekämmten Wuschelhaare und murmelte »Armer Kerl.«

Der Arzt sprach von einem epileptoiden Anfall und riet, Jochen zur Beobachtung in die Bodelschwingh'schen Anstalten nach Bethel zu geben. Bergers fuhren hin, um den Jungen vorzustellen. Jochen wurde gründlich untersucht, sein Kopf wurde punktiert und geröntgt.

»Um die Anfälle und die Absencen unter Kontrolle zu bringen, muß er mindestens drei Monate hier bleiben«, erklärte Chefarzt Dr. Dreyer. »Zunächst wird er beobachtet, dann stellen wir ihn auf Psycho-Pharmaka ein. Fünf Jahre lang muß er täglich Tabletten nehmen, alle sechs Monate eine halbe weniger. Da es sich in Jochens Fall um eine erworbene

Krankheit handelt, keine ererbte, besteht Aussicht auf Heilung. Keine Belastung des Kopfes, viel frische Luft – dann, so Gott will, lassen sich Dauerschäden vermeiden.«

Jeden Sonntag besuchten Bergers ihren Sohn in der Anstalt, am ersten Advent durfte Jochen übers Wochenende heimkommen. Zum Fest wurde er entlassen. Jochen schluckte brav seine Medikamente, war ein wenig stiller als zuvor – aber lieb und hilfsbereit wie immer. In kürzester Zeit holte er den Hauptschulabschluß nach und beschloß, Gärtner zu werden. Von seinen Anfällen wußte er nichts. Aber für Stefan blieb die Erinnerung an Jochens Krankheit ein Alptraum, mit dem er sein Leben lang nicht fertig wurde.

9. Kapitel:

Lieber eins auf dem Kissen . . .

»Gütersloh, den 9. Dezember

Liebe Mutti, ich schreibe Dir aus dem Krankenhaus. Unsere Jüngste hatte es ein bißchen eilig. Um neun Uhr brachte Hannes mich mit dem Taxi in die Klinik, anderthalb Stunden später war das Kind da: 55 cm lang, achteinhalb Pfund schwer und kahlköpfig bis auf einen Flaum aus weißblonden Haaren. Wir wollen es Katrin nennen, zur Erinnerung an Katharina, die Mutter von Hannes.

Die Geburt war leichter als bei den beiden anderen. Die junge Hebamme hat mir die Read'sche Atemtechnik gezeigt und das hat prima geholfen: statt mich zu verspannen, wenn's weh tat, habe ich mich locker gemacht und hechelnd geatmet. Du siehst, man lernt immer dazu, selbst beim dritten Kind. Um zehn Uhr ließ die Hebamme Wasser in die Babybadewanne. »Was tun Sie? Dafür ist es noch viel zu früh!« protestierte ich. Die junge Frau lachte – ich hörte es nur, ihr Gesicht konnte ich nicht sehen, weil ich mich auf die nächste Wehe konzentrierte – und sagte: »Ich lasse mich nicht gern überraschen.« Ich glaubte, es besser zu wissen: »Die Wehen ziehen nicht richtig durch, das dauert noch lange.«

»Jede Geburt ist anders«, belehrte sie mich, »beim

Dritten kann es schnell gehen.« Dreiunddreißig Minuten später war Katrin da!
Der Arzt hatte Sorge, daß Hannes *ausflippen* würde, weil's wieder ein Mädchen ist. Darüber machen Sie sich keine Gedanken, hab ich geantwortet, mein Mann hat eine Schwäche für weibliche Wesen – er kann gar nicht genug davon bekommen! Da hat der Arzt so laut gelacht, daß die Schwester vor Schreck fast das Baby fallen gelassen hätte. Hannes will ihr eine Packung Kaffeebohnen bringen (als Dank für ihre Mühe), damit sie sich beruhigt. »Ihr Mann ist klasse«, sagte sie mir. »Es gibt Väter, die stellen sich furchtbar an, wenn's kein Sohn ist, ich hab da schon Sachen erlebt . . .« Was sie erlebt hat, hat sie mir nicht erzählt – ich war auch nicht neugierig darauf.
Sohn-Fetischismus ist albern, nicht? Wir leben nicht mehr Anno Dunnemals, als Söhne zum Stamm-Halten gebraucht wurden! Ich bin eine begeisterte Mädchen-Mutter und fühle mich in meinen Töchtern wiedergeboren. Wenn ich denke, welche Möglichkeiten jede von ihnen hat, sich als Frau zu verwirklichen – richtig neidisch könnte man werden! Du weißt, daß ich früher lieber ein Junge gewesen wäre, weil ich es blöd fand, daß Männer sich ihre Partnerinnen aussuchen durften – und wir Mädchen nicht. Heute sieht das niemand mehr so eng. Sogar in der Berufsausbildung gibt es so etwas wie Gleichbehandlung. Hatte ich früher, bevor ich Hausfrau wurde, mehr Freiheit? Unsinn! Irgendwie abhängig ist

man doch ein Leben lang: als Kind von den Eltern, in der Firma von den Launen des Chefs – und jetzt von Menschen, die ich liebe und die mich lieben. Das ist doch ein Fortschritt, oder?
Viele Leute erklären Hannes und mich für verrückt, weil wir fünf Kinder haben. Ich kontere mit Uromas alter Spruchweisheit: ›Lieber ein Kind auf dem Kissen, als eins auf dem Gewissen.‹
Gerd schreibt, es sei unsere Entscheidung und ginge nur meinen Mann und mich etwas an. Aber das stimmt nicht. Acht Menschen sind direkt von Katrins Geburt betroffen: Hannes und ich, Du, die vier Geschwister – und das Baby selbst! Es wurde nicht gefragt, ob es auf die Welt kommen wollte . . . Später werden Spielzeugläden und Fahrradhändler, Textilfabriken und Schuhmacher, Kindergärtnerinnen und Lehrer von dem Kind leben, noch später die Rentner von den Steuern, die unsere Kinder zahlen. Du siehst, die Behauptung, daß ein Kind nur Vater und Mutter etwas anginge, ist falsch.
Liebe Oma-Mutti, es tut mir gut, Dir zu schreiben. Schade, daß Du nicht herkommen kannst, um Katrin zu bewundern. Aber ich sehe ein, daß Gerd und Babsi diesmal Vorrang haben. Es ist nicht Dein erster Besuch in Paris, nicht wahr? Ich erinnere mich, daß Du von früheren Erlebnissen dort berichtet hast: Du kanntest, glaube ich, den deutschen Befehlshaber, der 1944 Paris vor der Zerstörung bewahrte – gegen Hitlers Befehl – und dafür mit seinem Leben bezahlt hat. Krieg ist furchtbar – hof-

fentlich erleben wir nie wieder einen ... Fein, daß Du auf dem Rückweg bei uns vorbeikommst. Weihnachten bei Gerd, Neujahr bei uns – das ist gerecht! Kannst Du Dein Damenheim so lange allein lassen? Andere Frauen von 66 Jahren genießen ihr Rentnerdasein und Du stehst noch mitten im Leben. Wann gibst Du Deinen Beruf auf und kommst zu uns? Natürlich ist Gütersloh kein Ersatz für Berlin – wäre Dir Paris lieber? Wie lange bleibt Gerd noch dort? Alle paar Jahre in ein anderes Land versetzt zu werden, muß anstrengend sein. Aber solange Babsi und er keine Kinder haben, macht ihnen das Herumzigeunern nichts aus. Kinder machen seßhaft, sagt Hannes – und er hat, wie meistens, recht.
Sei herzlich umarmt von Deiner Amelie samt Anhang.«

10. Kapitel:

Wasserschlacht

Die Forsythien im Garten waren verblüht, und die Dolden des weißen Flieders hatten braune Ränder. Die Rosen, die Bergers ein Jahr zuvor gesetzt hatten, trugen Knospen, die jeden Augenblick aufbrechen konnten.

Jochen schob den Rasenmäher über die viereckige Grasfläche an der Giebelseite des Hauses.

»Kann mal jemand die Wäschespinne wegnehmen?« rief er. Als niemand reagierte, ließ er den Mäher stehen, klappte das regenschirmartige Trokkengerät zusammen und trug es zur Terrasse. Dort saß Oma Gregor auf einer Bank und hielt Katrin auf dem Schoß. Vor ihr, unter dem Fliederbusch, stand eine mit Wasser gefüllte Wanne, in der Karola und Eva herumplanschten. Eva hockte auf dem Wannenrand und ließ die Füße ins Wasser hängen. Sie machte eine Faust und hielt sie ihrer Schwester unter die Nase.

»Guck mal, Kulla, jetzt schlafen die Finger.«

Dann spreizte sie beide Hände: »Jetzt lachen die Finger.« Die gespreizten Hände hin und her drehend erklärte sie: »Jetzt tanzen die Finger.«

Karola nickte, daß ihre braunen Korkenzieherlokken flogen. »Setz tanten Finga«, bestätigte sie.

Katrin stemmte ihre Füße gegen Omas Schoß,

machte Kniebeugen und gurgelte dabei: »Ganggang!«
Thea Gregor lachte. Jochen, der eben den Rasenmäher an ihr vorbei in den Keller trug, erklärte: »So unterhalten sie sich immer. Katrin ist ihre lebendige Puppe. Sie läßt sich alles gefallen, hat bereits einige Stürze von der Wickelkommode überlebt und steckt alles in den Mund, was sie erreichen kann. Kürzlich wäre sie fast an einem Mensch-ärger-dich-nicht-Spielstein erstickt.«
»Da muß ich ja aufpassen, wie ein Schießhund«, meinte Oma.
»Ssissunt«, bestätigte Karola.
Oma ließ Katrin auf ihrem Knie reiten. Die Kleine quiekte vor Vergnügen, ihre hellblauen Augen blitzten mit den Sonnenreflexen im Wasserbecken um die Wette.
»Wenn Katrin nicht so blond und Kullerchen so dunkel wäre, könnte man die beiden für Zwillinge halten«, meinte Oma.
Jochen schüttelte den Kopf. »Überhaupt nicht! Karola ist rund und kullerig und Katrin dünn und spillerig.« Er überlegte einen Augenblick, dann baute er sich breitbeinig vor Oma auf und deklamierte:

»Kullerchen und Spillerchen,
die gingen auf die Reis' –
eine hat sich schiefgelacht,
die andre aß ein Eis.«

Oma applaudierte, Eva bemerkte trocken: »Das reimt sich.«

»Heimt siss«, echote Karola.
»Ugu-guru«, bestätigte Katrin. Sie zog einen Schmollmund und reckte ihre Arme den Schwestern entgegen.
»Sie will runter«, erkannte Eva.
»Hunta«, wiederholte Karola.
Oma Gregor setzte das Kind auf die Erde. Auf Händen und Knien krabbelte Katrin zur Wasserwanne und zog sich am Rand hoch. Fast wäre sie kopfüber hineingestürzt, aber Jochen sprang hinzu und setzte sie als Dritte in die überfließende Wanne. Katrin patschte mit beiden Händen auf die Wasseroberfläche, daß die Spritzer flogen. Karola machte aus ihren Händen eine Schale, stand auf und goß Wasser über Evas Kopf. Eva nahm die Füße aus der Wanne und floh. Katrin verlor das Gleichgewicht, kippte um und geriet mit dem Mund unter Wasser. Als Oma sie herausfischte, brüllte sie aus Leibeskräften.
»Hol mal einer ein Handtuch!« rief Oma. Karola rannte los und brachte ein rot-weiß kariertes Gläsertuch aus der Küche. »Das ist zu klein«, sagte Oma, begann aber trotzdem, das Kind mit dem Tuch abzureiben. Jochen war bereits ins Haus gestürmt und kam mit einem Badelaken zurück. Als Katrin darin eingewickelt war, sah sie aus wie ein Heinzelmann.
»Ihr Gesicht besteht nur aus Augen«, stellte Jochen fest. Katrin hatte aufgehört zu schreien und kuschelte sich in Omas Armbeuge. An ihren Wimpern hingen noch zwei Tropfen – an jedem Augenlid einer. Mit einem Handtuchzipfel tupfte Oma sie weg.

Karola nutzte den Aufruhr auf ihre Weise. Mit beiden Händen packte sie den Wannenrand und stampfte mit den Füßen, bis das Wasser überschwappte. Dann stieg sie bedächtig aus der Wanne und kippte sie um. Die Flut ergoß sich über Omas Füße. Karola klatschte in die Hände und kreischte vor Vergnügen. Oma beugte den Kopf und sah, über Katrin hinweg, auf ihre Schuhe.
»Macht nix«, sagte sie ungerührt, »die Sonne trocknet's wieder.«
Eva nahm ihre Schwester bei der Hand und führte sie ins Haus. Mit jedem Schritt hinterließen die beiden Nackedeis nasse Spuren im Wohnzimmer. Karola zeigte darauf, zog die Nase kraus und machte »i-ie!«. Eva ließ sich nicht aufhalten.
»Das wischt die Oma weg«, erklärte sie.
Oben im Kinderzimmer holte sie trockene Spielhöschen aus dem Schrank, zog eines an und half Karola in das andere. Eva war sehr selbständig für ihr Alter. Im Gegensatz zu Karola hielt sie Ordnung in ihren Sachen und wußte immer, wo alles war. Oft lag sie vor ihrem Bett auf dem Teppichboden und betrachtete Bilderbücher. Abends vor dem Schlafengehen mußten Vater oder Mutter daraus vorlesen. Jetzt, mit vier Jahren, las Eva die Bilderbuchverse ihren Schwestern vor. Des Rätsels Lösung? Eva hatte ein gutes Gedächtnis, merkte sich die Verse, die zu den Bildern gehörten, und sagte sie auswendig her. Dafür gelobt werden mochte sie nicht. Es machte

ihr einfach Spaß, zu verstehen, was sie sah und zu hören, was sie verstand.
Mit zerbrechlichen Dingen ging sie sorgsam um. Wenn der Vater zu ihr sagte: »Vorsichtig, Eve!« – dann war seine Weckuhr in ihren Händen so sicher aufgehoben wie in einem Bankschließfach. Behauptete Hannes. Amelies Zweifel zerstreute er mit der Bemerkung, Vertrauen gebe Sicherheit. Bei seiner Tochter Eva bestätigte sich diese These – meistens ... Einmal, im Wartezimmer von Doktor Friesen, hob Eva den Handschuh einer betagten Patientin auf und reichte ihn der Besitzerin. Die dadurch hervorgerufene Rührung – »Welch ein reizendes Kind!« – zerstreute sie anschließend, indem sie eine auf dem Wartezimmertisch liegende Illustrierte langsam, aber gründlich in Stücke riß. Amelie versuchte, Evas Untat mit Langeweile zu entschuldigen. Ob sie die anderen Wartenden von Evas Unschuld überzeugen konnte, blieb zweifelhaft ...
Am Abend nach der Wasserschlacht hockte Eva auf der buntbemalten Spielkiste neben Katrins Gitterbett und »las« der kleinen Schwester vor. Katrin hatte sich an den Bettstangen hochgezogen, wippte in den Knien und gab kleine fröhliche Krählaute von sich. Karola saß im heruntergeklappten Kinderstuhl auf dem Topf. Vor ihr auf dem Brett, das als Spieltisch diente, lagen Bauklötze aus Holz. Unablässig war Karola damit beschäftigt, sie übereinander zu türmen, bis sie mit lautem Klappern umfielen. Dann spitzte sie die Lippen und machte »Bumm!«

Eva sah von ihrem Buch auf und bemerkte: »Der Turm ist umgefallen.«
»Ummaballa!« schrie Karola entzückt.
»Baba-ba!« ergänzte Katrin.
Aufgeschreckt durch den Krach im oberen Stockwerk kam Oma die Treppe heraufgelaufen. Schnaufend blieb sie in der Tür stehen. »Was ist los?« fragte sie.
»Wir spielen«, erklärte Eva.
»Sind die Großen noch nicht daheim?« erkundigte sich Oma. In ihrer Jugend waren Siebzehnjährige wie Stefan und Fünfzehnjährige wie Jochen noch brave Bübchen, die zum Abendbrot heimkamen und taten, was die Eltern sagten. Die Berger-Jungen sahen das anders: Stefan hatte während der Osterferien im Verlag gearbeitet, um Geld für seine Sommerferienfahrt zu verdienen; seither zählte er sich zur »arbeitenden Bevölkerung« und nahm Erwachsenenrechte für sich in Anspruch. Jochen hatte die Schule hinter sich, half in Haus und Garten und verbrachte im übrigen seine freien Tage mit seinen Freunden. Im August fing seine Gärtner-Lehre an. Die Selbständigkeit der Jungen war ein Schock, den Oma Gregor noch nicht ganz verarbeitet hatte. Während sie in der Kinderzimmertür stand und ihre drei Enkelinnen betrachtete, dachte sie: Es ist gut, daß ich hier bin – ich lerne täglich etwas Neues und habe keine Zeit, alt zu werden.
»Kennt ihr das Lied ›Guten Abend, gute Nacht‹?« fragte sie.

11. Kapitel:

Hochzeitsreise

Während Thea Gregor auf Evas Bettrand saß und mit den Kindern Nachtlieder sang, parkte Hannes Berger sein rotes Mini-Auto im Hof eines ländlichen Gasthofs mitten in Burgund.
Wie kamen Bergers zu einem Auto?
Und vor allem: Was trieben sie an diesem schönen Sommerabend in Frankreich??
Das ist eine umständliche Geschichte . . .
Gerd Gregor hatte zu Neujahr seine Mutter von Paris nach Gütersloh gebracht. Abends beim heißen Glas Punsch hatte er von seiner Hochzeitsreise nach Teneriffa geschwärmt.
»Wohin seid ihr eigentlich gefahren?« hatte er seinen Schwager gefragt.
Amelie und Hannes hatten einander angesehen – fassungslos zunächst, dann lächelnd und zum Schluß laut lachend.
»Was gibt es da zu lachen?« hatten Gerd und seine Mutter gleichzeitig gefragt.
»Nach der Geburt unseres dritten Kindes fällt uns ein, daß wir keine Hochzeitsreise gemacht haben!« hatte Hannes festgestellt. Amelie hatte ihre Augendeckel betont langsam auf und nieder geklappt und ein Unschuldsgesicht gemacht. Scheinheilig hatte

sie gefragt: »Hast du etwas entbehrt, lieber Mann?« und Hannes hatte gestutzt.
»Wenn ich ehrlich sein soll – nein!« hatte er zugeben müssen. »Ich habe bisher noch nicht darüber nachgedacht.«
Gerd hatte vorwurfsvoll mit der Zunge geschnalzt und seinen erhobenen Zeigefinger mahnend hin und her bewegt.
»Das ist ein Fehler, lieber Schwager!« hatte er erklärt. »Ich schlage vor, ihr besucht uns in Paris, solange ich noch dort bin.«
Es hatte keiner großen Überredungskunst bedurft, um Amelie und Hannes für den Plan zu begeistern. Natürlich war der Termin von Oma Gregor abhängig. Sie hatte einen Kalender zu Rate gezogen und festgestellt, daß sie sich Anfang Juli, wenn drei ihrer Damen verreisten, von der treuen Klara vertreten lassen könnte.
Und wer sollte die Reise bezahlen? Geld war bei Bergers Mangelware – fast wäre der Plan daran gescheitert. Da traf zur rechten Zeit das Honorar für Hannes' erstes Buch ein. Welches Buch? Schon wieder ein Fragezeichen . . .
Hannes arbeitete als Redakteur in einem Verlag. Er mußte Autoren besuchen, mit ihnen über ihre Pläne sprechen, Verträge aushandeln, Texte lesen und fertige Druckwerke redigieren. Außer Fach- und Sachbüchern betreute er ein Jungen-Jahrbuch, für das er auch Artikel schrieb: über Rennfahrer, Tennis-Cracks, Techniker, Erfinder, Schauspieler, For-

scher – und über kleine Alltagsdinge am Rande der großen Welt. Die Arbeit machte Hannes Spaß, und seine Chefs – drei Brüder leiteten den Verlag – waren mit ihm zufrieden.
Eines Tages kamen sie auf die Idee, eine neue Sachbuchreihe zu machen, zu der ein Autobuch gehören sollte. Hannes Berger hat die Fahrlehrerprüfung, er kann schreiben und von Technik versteht er auch eine Menge, überlegten die Brüder – der muß uns das Autobuch schreiben: eine Fahrschule mit Motorkunde und Pannenhilfe, möglichst heiter verpackt und lesbar ... Hannes wurde gar nicht erst gefragt – er erhielt den Auftrag, basta! Da ein Extra-Verdienst dabei herausschauen sollte, war Hannes einverstanden. Ein Jahr lang, von Karolas Geburt bis kurz vor Katrins Geburt, schrieb er abends nach der Arbeit an dem Buch: Er kam aus dem Verlag, schlang sein Abendbrot hinunter und verschwand im Schlafzimmer. Dort stand eine geliehene Schreibmaschine auf einem Tisch unterm Fenster, daneben auf dem Boden Berge von Fachliteratur.
»Aus zehn Büchern schreibe ich ein elftes zusammen«, verspottete Hannes sich selbst. Er neigte zu Untertreibungen: in Wirklichkeit war es eine Heidenarbeit! Ein Jahr lang wiegte das Klappern der Schreibmaschine die Kinder in den Schlaf. Hannes wurde täglich blasser und schmaler, das Manuskript seines Buches hingegen immer dicker und stärker. Nach dreihundertfünfundsechzig Arbeitsnächten war es fertig – das Manuskript, nicht das Buch. Da es

eine Auftragsarbeit war, brauchte Hannes nicht mühsam nach einem Verlag für sein Werk zu suchen. Aber über Satz, Andruck und Korrekturlesen, über Bildreproduktionen und Montage der Seiten vergingen noch mehrere Wochen. Dann wurden die gedruckten Bögen zu Büchern gebunden, die einen farbigen Schutzumschlag bekamen. Hannes erhielt zehn Freiexemplare, alle anderen wurden über den Buchhandel verkauft. Von dem Erlös sollte Vater ein Auto kaufen, fanden Stefan und Jochen. Doch Hannes wollte seiner Schwiegermutter das Darlehen zurückzahlen, das sie für das Haus gegeben hatte.
Thea Gregor lehnte die Rückzahlung ab: »Wenn ich sterbe, gehört Euch mein Geld sowieso«, schrieb sie. »Es freut mich, daß ich Euch in einem Haus besuchen kann, von dem mir ein Stück gehört. Ich habe Euch Geld gegeben, als Ihr es brauchtet. Inzwischen hab ich schon wieder etwas gespart. Also genießt es, daß Eure Kinder sich im eigenen Garten austoben können – ich bin froh, solange ich nützlich sein kann. Wenn ich alt und klapprig bin, falle ich Euch früh genug zur Last.«

* * *

Der Autokauf wurde zum Familienereignis. Zunächst saß Hannes mit den großen Söhnen am Eßtisch und wälzte Prospekte. Während seiner Arbeit am Autobuch hatte er von vielen Firmen Tabellen erhalten mit Außen- und Innenmaßen, Radstand,

Beschleunigung, Benzinverbrauch, Sonderausstattungen, Hubraum und weiteren Angaben über die Beschaffenheit verschiedener Automodelle. Stefan und Jochen kommentierten die Erklärungen ihres Vaters. Amelie staunte über die fachmännischen Fragen der Jungen; sie selbst hielt Chrom und Lack für die einzig interessanten Teile von Fahrzeugen. »Für ein schickes Auto reicht das Geld sowieso nicht«, meinte sie, »haltet Euch lieber an die Kleinwagen.«

Natürlich hatte sie recht, das wußten die drei Männer auch. »An der Ortsausfahrt Richtung Bielefeld gibt's einen Autofriedhof«, wußte Stefan, »vielleicht finden wir dort das Passende für uns.«

Jochen tippte mit dem Finger an seine Stirn. »Du spinnst«, sagte er mit seiner kieksenden Stimmbruch-Stimme, »wir wollen keinen Schrotthaufen.«

Bevor Stefan ebenso grob antworten konnte, warf Amelie ein: »Wie wär's mit einem Gebrauchtwagenhändler?«

Hannes nickte.

»Für uns kommt nur ein Gebrauchter in Frage – aber es war so schön, in den Prospekten zu wühlen . . .«

». . . und von Straßenkreuzern zu träumen«, ergänzte Jochen.

»Die brauchen zu viel Benzin«, entgegnete Stefan.

»Nicht, solange sie nur in unserer Fantasie herumfahren«, lachte Amelie.
Träume hin, Fantasie her – die Familie war schließlich froh, als Hannes eine »Kutsche aus dritter Hand« fand, die er bezahlen konnte. Obwohl sie rot war und nicht »aus Buda-Budapest« kam, tauften die Kinder sie Julischka, woraus innerhalb weniger Tage »Juschka« wurde. Unter diesem Namen ging sie in die Familienchronik ein.
Das Mini-Auto begleitete Bergers durch die nächsten Jahre, litt gelegentlich an asthmatischen Anfällen, trieb Hannes im Winter zur Verzweiflung, wenn es nicht anspringen wollte oder wenn die Lichtmaschine ausfiel, verschlang Unsummen an Benzin- und Reparaturkosten – kurz, es benahm sich wie ein alter, bockiger Esel. Aber es fuhr!

* * *

Aus diesem Gefährt also stiegen Hannes und Amelie in einer Sommernacht mitten in Burgund. Sie waren vom direkten Weg nach Paris abgekommen – warum? Wieder einmal war ihre reiche Fantasie schuld daran! Unterwegs hatten sie am Straßenrand ein Schild gesehen: LA REINE PÉDAUQUE. »Was bedeutet das?« hatte Amelie wissen wollen. »Ist Pédauque eine Landschaft, eine Eigenschaft oder ein Name?« Sie blätterte im französischen Lexikon, fand aber keine Antwort auf ihre Frage. Jetzt wollte sie es genau wissen! Anstatt sich nach einer Unterkunft für die Nacht umzusehen, fuhren sie im-

mer weiter ins Landesinnere hinein, durch unberührte Wälder, weite Felder und graue Dörfer mit mauerumfriedeten Gehöften. Aus dem Reiseführer informierte Amelie ihren Mann über die Geschichte von Burgund, erzählte von Gunther, Gernot und Giselher aus der Nibelungensage und den Stauferkaisern, die im dreizehnten Jahrhundert dort herrschten. Nichts über Königin Pédauque! Diese rätselhafte Dame hatte ihre Netze ausgeworfen und zwei arglose Reisende gefangen ... Amelie und Hannes waren ihre Opfer. Sie bestätigten sich gegenseitig, daß Forscherdrang sie vorwärtstriebe – aber sie wußten, daß Neugier das passendere Wort gewesen wäre. Sie kamen sich vor wie Brüderchen und Schwesterchen im Märchen, auf der Suche nach einer verwunschenen Quelle.
Erst nach Einbruch der Dunkelheit erreichten sie ihr Ziel. Die angekündigte »Auberge de la Reine Pédauque« entpuppte sich als Landgasthaus. Zwei schmiedeeiserne Laternen beleuchteten die Eingangstür. In der Diele hingen Rehgehörne an den Wänden, ein ausgestopfter Wildschweinkopf mit drohend vorgestreckten Hauern lauerte über dem Eingang zum Speisesaal. Hannes trat als Erster ein und blickte sich um, dann winkte er seiner Frau. Was sie sahen, gefiel ihnen.
Über kleinen Tischen mit roten Decken, weißem Geschirr und blitzenden Gläsern hingen tief heruntergezogene Lampen, die gedämpftes Licht verbreiteten. Am Tresen in der Mitte des Raumes waren

drei Menschen damit beschäftigt, Bestecke zu polieren: ein Mann im schwarzen Frack, ein blasses Mädchen mit weißer Schürze über einem kurzen Kleid, und ein bärtiger Mann, der sich als Wirt zu erkennen gab. Händereibend kam er auf Bergers zugeschwänzelt. »Womit kann ich dienen?« fragte er (natürlich auf französisch).
»Ein Zimmer für die Nacht«, antwortete Hannes.
»Wir vermieten nur an Gäste, die auch hier essen«, verkündete der Wirt.
Hannes sah Amelie an. Wohin sind wir geraten? fragten seine Augen. Amelie teilte seine Sorge vor einer überdimensionalen Rechnung, aber sie war müde und hungrig. An Stelle ihres Mannes antwortete sie mit einem Lächeln, dem kein Uneingeweihter ansah, daß es nicht echt war: »Wir sind sicher, Ihre Speisen sind köstlich.«
Der Wirt zeigte zwei Reihen strahlend weißer Zähne, verbeugte sich und säuselte: »Gewiß, gewiß, Gnädigste! Gestern abend war hier ein großes Fest, lauter reiche Leute aus Paris. Es gab Hasenbraten in Burgundersoße mit grünen Bohnen. Leider können wir Ihnen nur die Reste servieren, denn bei uns ist es üblich, daß Gäste sich acht Tage im voraus anmelden.«
Hannes machte gute Miene zum bösen Spiel; er war es leid, noch länger durch die Nacht zu fahren.
»Hasenbraten ist mein Leibgericht«, log er.
»Deux lièvres bourguignons aux haricots verts!« rief der Wirt durch den Saal. Das beschürzte Mädchen

ließ das Tuch fallen, das es in der Hand hielt, und verschwand durch eine Schwingtür. Der Mann im Frack klemmte eine weiße Serviette unter den Arm, wieselte heran und fragte, was die Herrschaften zu trinken wünschten. Als er »Vin du Patron« hörte, steckte er Bestellblock und Bleistift weg: »Wein des Hauses« war die billigste Sorte, die kein Weinkenner bestellte. Der dienstbeflissene Ausdruck verschwand aus dem Gesicht des Kellners; er ging sehr viel langsamer zum Tresen zurück, als er gekommen war.

Die beiden Hochzeitsreisenden vertrieben sich die Wartezeit mit dem Bauen von Kartenhäusern aus Bierfilzen.

»Das kommt davon, wenn man auf gut Glück durch die Gegend gondelt«, flüsterte Amelie.

»Du kannst nicht beides haben – Freiheit und Wohlleben«, entgegnete Hannes.

Und irrte sich. Er hatte im wörtlichen Sinne die Rechnung ohne den Wirt gemacht. Das dritte Kartenhaus war eben eingestürzt, da brachte das blasse Mädchen als Vorspeise zwei dicke rötliche Scheiben geeiste Melone. Sie stellte die Glasteller vor die beiden Gäste und wünschte »bon appetit«. Kaum hatten Bergers die Köstlichkeit vertilgt, flog die verglaste Schwingtüre auf, die von den Wirtschaftsräumen zum Speisesaal führte. Voran schritt der Wirt mit einer silbern glänzenden Warmhalteschüssel auf den ausgestreckten Händen. Das Mädchen trippelte hinter ihm her und balancierte in einer Hand eine

Porzellanplatte mit pommes frîtes und in der anderen eine Schale mit Bohnen, die (wie Spargel) in Buttersoße angerichtet waren. Der befrackte Kellner trug eine Kristallkaraffe mit rotem Wein. Schwungvoll stellte der Wirt die Schüssel auf einem Beistelltisch ab und öffnete den Deckel. In tiefbrauner Soße schwammen faustgroße Fleischbrocken.
Unterm Tisch stieß Amelie ihren Mann mit dem Knie an. »Wenn das in der REINE PEDAUQUE Reste-Essen ist, dann möchte ich wissen, wie ihr Menü aussieht!« raunte sie.
Der Wirt hatte jedes Wort verstanden. In gebrochenem Deutsch erklärte er, dies sei das dîner des vorigen Abends, also nicht heute frisch gekocht. Nur deshalb habe er von »Resten« gesprochen. In der Qualität unterscheide es sich selbstverständlich nicht vom Standard des Hauses – das sei er dem Ruf der REINE PEDAUQUE schuldig.
Währenddessen handhabte er geschickt Löffel und Gabel, mit deren Hilfe er Fleisch, Gemüse, Kartoffeln und Soße auf die vorgewärmten Teller legte. Der Kellner goß Wein in die Gläser. Amelie beugte sich vor und sog den Duft ein, ohne am Glas zu nippen.
Der Wirt verneigte sich.
»Gäste, die erst die Blume unseres Weines atmen, bevor sie trinken, sind uns stets willkommen«, sagte er. »Ich wünsche guten Appetit, gnädige Frau.«
Amelie haßte es, »gnädige Frau« genannt zu werden. Es klang ihr zu sehr nach Herrschaftsanspruch

und Unterwürfigkeit und paßte nicht ins zwanzigste Jahrhundert, fand sie. Doch diesmal protestierte sie nicht, da sie sich weder gnädig noch ungnädig noch emanzipiert fühlte, sondern schlicht: hungrig. Wenn der Wirt noch lange schöne Reden hält, wird das Essen kalt, dachte sie.

Fasziniert beobachtete sie sein Mienenspiel, während er sich rückwärts gehend entfernte: Sein Lächeln breitete sich vom Mund über die Wangen bis zu den Augenbrauen aus; in der Schlußphase erinnerte sein Gesicht an einen ausgehöhlten Kürbis, in den Kinder Kerzen stecken, um an Herbstabenden harmlose Spaziergänger zu erschrecken. Mit dem Hinterteil stieß der Wirt die Schwingtür zur Küche auf. Noch einmal leuchtete sein Lächeln auf, dann waren Bergers allein. Das Mahl konnte beginnen . . .

Seit dieser Nacht war »Hasenbraten à la Reine Pédauque« bei Bergers der Inbegriff aller Genüsse. Nie vorher und niemals danach hat ihnen etwas so herrlich gemundet, wie die aufgewärmten Reste in diesem Landgasthaus im hintersten Burgund. Doch die Identität der Königin Pédauque blieb weiterhin verhüllt – der Wirt wußte auch nicht mehr über sie als seine Gäste; es sei eine mythische Sagengestalt – und außerdem eine Kellerei in Beaune, von der er seine Weine bezöge, erklärte er.

Hannes und Amelie besuchten Orléans und umrundeten das Denkmal der Heiligen Johanna; sie bewunderten die Kathedrale von Chartres und fanden eine Hinterhofecke, von der aus sie das ganze Gebäude auf einmal auf den Film bannen konnten; sie verlebten heitere Stunden bei Gerd und Babsi, besuchten den Louvre, Notre-Dame und die Sainte Chapelle, bestiegen den Eiffelturm und fuhren Boot auf der Seine.

All diese Sehenswürdigkeiten, Kirchen, Museen und Schlösser sahen Hannes und Amelie in späteren Jahren noch öfter. Doch die Nacht in der REINE PEDAUQUE, Ergebnis ihrer Neugier während der verspäteten Hochzeitsreise, behielt für sie den Reiz des Unwiederholbaren.

12. Kapitel:

Pakete unterm Baum

Hannes' Gehalt reichte kaum für die Riesenfamilie, trotz Kindergeld und Steuererleichterungen. Das Honorar fürs Autobuch war für »Juschka« draufgegangen. In Nachtstunden schrieb er ein zweites, drittes, viertes Buch, um seine Familie füttern, kleiden und hausen zu können. Aber vom Schreiben wird man nicht reich – schon gar nicht, wenn ein Sachbuch-Autor am Erfolg nicht beteiligt ist, sondern mit einer einmaligen Abfindung vorlieb nehmen muß. Ansprüche stellen können nur Autoren, deren Namen jeder kennt. Die anderen müssen sich bescheiden und froh sein, wenn sie einen Verlag haben, der ihr Manuskript nimmt . . .

Amelie sparte an allen Ecken. Oma nähte, strickte und häkelte Anziehsachen für die Kleinen. Karola erbte die Kleidung von Eva und Katrin die von Karola. Stefan und Jochen trugen ihre Jeans, bis sie zerschlissen waren und nicht mehr repariert werden konnten. Um die Familienkasse aufzubessern, fing Amelie an, kurze Geschichten zu schreiben, Reiseeindrücke und Lustiges aus der Kinderstube. Hannes' Kollegin im Verlag, die ein Mädchen-Jahrbuch betreute, mochte die Sachen und druckte sie in der nächsten Ausgabe ab. Nach diesem Anfangserfolg wurde Amelie kühner: Sie erfand Kurzgeschichten und interviewte eine bekannte Schauspielerin am Berliner Renaissance-Theater. Diese Blitz-Visite in der früheren deutschen Hauptstadt verband sie mit einem Besuch bei ihrer Mutter. Dort gelang ihr noch ein zweites Interview: die Tochter von Frau Klenk, Bewohnerin des Gregor'schen Altenheims, war eine international bekannte Krebsforscherin. Auch aus einem Ferienbesuch im kleinsten Zimmertheater Deutschlands wurde eine Geschichte, die im nächsten Mädchenjahrbuch erschien. Vom Honorar kaufte Amelie den Jungen neue Hosen und sich selbst ein Kostüm – das erste seit Jahren und das einzige, das ihr paßte: seit Evas Geburt war sie nicht mehr so schlank wie früher. Wenn sie sich darüber beklagte, sagte Hannes: »Ich liebe jedes Pfund an Dir« und das tröstete sie ein wenig.

Im Garten wuchsen Gemüse, Tomaten, Blumen und Küchenkräuter; auf dem Komposthaufen, den Jochen fachgerecht angelegt hatte, gediehen Gurken und Kürbisse, so daß nur im Winter Gemüse auf dem Markt gekauft werden mußte.

Jochens Krankheit war unter Kontrolle. Er mußte nur noch zwei Tabletten täglich schlucken und einmal im Jahr den Arzt aufsuchen. Seit seiner Rückkehr aus Bethel hatte er keine Anfälle mehr gehabt – »einer der seltenen Fälle in meiner Praxis, die Aussicht auf völlige Heilung haben«, schrieb Doktor Dreyer. Er ließ sich regelmäßig über Jochen Bericht erstatten und lobte seinen Entschluß, Gärtner zu werden.

Die Lehre war hart. Die ersten Wochen brachte Jochen damit hin, Kisten mit Tulpenzwiebeln von einer Ecke der Gärtnerei zur anderen zu schleppen, Brötchen und Bier für die Gehilfen zu holen und Zigaretten für den Meister. Abends zog er die schweren Gummistiefel von seinen dünnen Kinderbeinen, badete die schmerzenden Füße und warf den lehmbeschmierten Arbeitskittel in einen Bottich mit Seifenlauge. Seinen geringen Lohn sparte er für die Weltreise, von der er träumte. Hannes und Amelie ließen ihn gewähren. Sie waren dankbar, daß er trotz seiner Behinderung mit dem Leben fertig wurde. An anderen Patienten in Bethel hatten sie gesehen, was ohne die Hilfe von Dr. Dreyer aus Jochen hätte werden können: ein kranker Mann, bis ans Lebensende auf Betreuung angewiesen.
Je weniger Sorgen Jochen machte, desto schwieriger wurde Stefan. Er war gesund und gerade gewachsen, sein gutes Aussehen nahm die Menschen für ihn ein. Aber er verscherzte sich manche Zuneigung durch seine kühle Abwehrhaltung. Ohne sitzenzubleiben hatte er die letzte Klasse des Gymnasiums erreicht und sollte im kommenden Frühjahr Abitur machen. Seit Jochen in der Lehre war, behandelte Stefan ihn mit böser Herablassung. Als Vater Hannes ihn deshalb zur Rede stellte, erklärte Stefan: Er wolle sofort nach der Schule zur Bundeswehr und habe sich bereits als Offiziersbewerber gemeldet.
»Die bilden mich zum Nachrichteningenieur aus –

und nehmen keine Kranken! Das ist meine einzige Chance, mir diese Familie vom Hals zu schaffen!«
Hannes wurde von diesem Haßausbruch so überrascht, daß er keine Worte fand. Er mußte sich schnell abwenden, um seinem fast erwachsenen Sohn nicht ins Gesicht zu schlagen. Seither sprachen die beiden Männer nur noch das Notwendigste miteinander.
Auch Amelie bekam den Großen selten zu Gesicht. Gegen vierzehn Uhr kam er aus der Schule, schlang wortlos sein Mittagessen hinunter und verzog sich auf sein Zimmer. Ob er für die Schule arbeitete, wußte sie nicht. Meistens widmete er sich seinem Hobby, der Funkerei. Ohne jemandem davon zu erzählen, hatte er den Amateurfunkerschein gemacht und eine Lizenz erworben. Das dafür nötige Geld hatte er in den Sommerferien als Handlanger auf einer Baustelle verdient.
»Er wird seinen Weg gehen«, tröstete Amelie ihren Mann. »Es ist nicht der Weg, den wir für ihn gewählt hätten. Aber es ist sein Leben und seine Zukunft. Er will unsere Hilfe nicht, und wir sollten sie ihm nicht aufdrängen.«
Hannes Geste drückte aus, daß er sich ins Unvermeidliche fügen würde.
»Weihnachten wird also das letzte Fest sein, das wir mit allen Kindern feiern«, stellte er fest. »Laß uns dafür sorgen, daß es unvergeßlich wird.«
Jochen brachte aus der Gärtnerei ein hübsch gewachsenes Bäumchen mit. Dann setzte er sich zu

Amelie, die mit Eva und Karola bastelte. Buntes Papier, Goldfolie und Strohhalme lagen auf dem Eßtisch herum; allmählich wurden daraus Sterne, Ketten und Engel. Amelie schnitt Weihnachtsmotive in Linoleum und druckte selbst die Karten, die sie an Freunde und Verwandte schickten. Hannes sägte, leimte und raspelte in der Kellerwerkstatt an einer Überraschung.
Am Heiligen Abend, gleich nach dem Mittagessen, schmückten Hannes und Jochen den Baum, während Amelie die Kuchenteller füllte. Vor der geschlossenen Wohnzimmertür zappelten die Kleinen vor Ungeduld.
»Wann kommt endlich das Christkind?« fragte Eva.
»Trisstint!« echote Karola.
Um Hannes Zeit zu geben, die Kuchenteller ins Weihnachtszimmer zu holen, schlug Amelie vor: »Jetzt gehen wir nach oben, waschen unsere Finger und kämmen die Haare. Dann ist es soweit.«
Haarekämmen war sehr unbeliebt, aber an diesem besonderen Tag ziepte es nur ganz bißchen, fand Eva. Während Amelie Karola und Katrin bürstete, klang von unten ein hoher Glockenton herauf.
»Hört ihr? Das Christkind ist fertig!« sagte Amelie. Sie nahm Katrin auf den Arm. Aus dem Dachgeschoß polterte Stefan die Treppe hinunter, Eva und Karola rannten hinter ihm her. Als Hannes die Wohnzimmertür öffnete, marschierten die Kinder

der Größe nach hinein. Die brennenden Kerzen am Baum strahlten mit ihren weit geöffneten Augen um die Wette. Andächtig versammelte sich die Familie um die Krippe mit dem Jesuskind, gemeinsam sangen sie das Lied von der stillen Nacht.
Erst als Eva fragte: »Warum weint die Mutti?« merkten die anderen, daß über Amelies Wangen Tränen rannen. Hannes legte beide Arme um ihre Schultern.
»Traurig?« fragte er.
Amelie schüttelte den Kopf. »Ich bin so wahnsinnig glücklich, daß ich heulen muß«, schluchzte sie und verbarg ihr Gesicht in Katrins weißblonden Locken. Die Kleine gluckste vor Vergnügen und patschte ihrer Mutter auf den Kopf. Da mußte Amelie lachen und die Freudentränen versiegten.
Hannes las die Weihnachtsgeschichte vor, sie sangen »O du fröhliche« und »O Tannenbaum« – dann begann die Bescherung. Neben den Kuchentellern mit Gebäck, einer Tafel Schokolade, zwei rotbäckigen Äpfeln, einer Apfelsine, Marzipankartoffeln und Nüssen, lagen die Gaben. Alle Kinder hatten sich für Eltern und Geschwister etwas ausgedacht, vom gemalten Bild bis zum Schlüsselanhänger oder einem Taschenbuch. Von den Eltern erhielt jedes Kind einen Ringelpulli. Die Überraschung von Hannes entpuppte sich als ein hochbeiniger Küchenhocker – »damit du beim Gemüseputzen nicht mehr stehen mußt.« Sein Werk wurde gebührend bestaunt. Für den Rest des Abends lehnte Amelie

alle Sesselangebote ab und saß nur noch auf Hannes' Hocker.
Den letzten Höhepunkt des Festes bildete das Auspacken der Pakete, die unter dem Weihnachtsbaum lagen. »Die Gregöre«, wie Gerd und Barbara kurz genannt wurden, schickten fünf buntbedruckte T-Shirts mit Eiffel-Turm-Motiven, für Hannes eine Krawatte und für Amelie ein seidenes Halstuch. Tante Lilo schenkte immer etwas Praktisches; dieses Mal waren es sieben Trinkbecher aus Steingut, jeder mit Blüten und den Vornamen der Berger-Familie »von mir selbst bemalt«, wie sie dazu schrieb.
Die Oma aus Berlin pflegte Wochen vor dem Fest nach Herzenswünschen zu fragen, die sie dann auch erfüllte. Die Kinder wußten, daß es keinen Sinn hatte, um Fahrräder oder Tretautos zu bitten, deshalb blieben sie mit ihren Wünschen im Bereich des Möglichen. Die Kleinen hatten sich Kuscheltiere gewünscht: Eva bekam einen langohrigen Esel, Karola eine gelbe Giraffe und Katrin eine selbstgehäkelte Schildkröte zum Draufsetzen. Für Jochen hatte Oma Gregor ein Modellauto geschickt, das er selbst zusammensetzen konnte. Stefan nahm seinen Franschal wortlos in Empfang, doch seinen Augen sah man an, daß Thea Gregor das Richtige getroffen hatte: lange weiße Schals waren gerade der letzte Schrei.
Bei Bergers fanden die Bescherungen am frühen Nachmittag im verdunkelten Wohnzimmer statt,

damit die Kleinen sich sattspielen und trotzdem zur gewohnten Zeit schlafen gehen konnten. In diesem Jahr endete die Feier, als Hannes über Katrin stolperte und der Länge nach hinfiel. Obwohl sein Knie schmerzte, lachte er (es klang etwas gezwungen!) und meinte, niemand solle sich von seinem Mißgeschick stören lassen. Doch die großen Jungen nahmen die Gelegenheit wahr, Müdigkeit vorzutäuschen, um sich mit ihren Geschenken auf ihr Zimmer zurückziehen zu können. Gemeinsam brachten die Eltern die Kleinen zu Bett. Die Mädchen schliefen ein mit Omas Stofftieren in den Armen.

Als endlich Ruhe eingekehrt war, zündeten Hannes und Amelie noch einmal die Weihnachtsbaum-Kerzen an, bereiteten heißen Punsch und prosteten einander mit vollen Gläsern zu. Sie liebten diese stille Stunde am Heiligen Abend. Jubel, Trubel und fröhliches Kindergeschrei hätten sie nicht missen mögen – aber hinterher verschnaufen, die Zweisamkeit genießen, das gehörte einfach dazu. Sie sprachen über Vergangenheit und Zukunft, schwiegen auch zwischendurch und hingen ihren Gedanken nach. Miteinander reden ist gut, miteinander schweigen gibt das notwendige Gegengewicht – und das braucht man in so einer buntgescheckten Großfamilie . . .

13. Kapitel:

Höhenflug mit Hindernissen

Hannes saß in dem dunkelroten Schaukelstuhl, den Amelie ihm zum vierzigsten Geburtstag geschenkt hatte. Sein rechtes Bein hing über der Armlehne, mit dem linken versetzte er den Sessel in schwingende Bewegung.

»Was hältst du von dem Angebot?« fragte er.

Amelie raschelte mit den Blättern der Tageszeitung.

»Welches Angebot?« murmelte sie geistesabwesend.

»Du hast wieder einmal nicht zugehört«, beklagte sich ihr Mann.

»Tschuldigung«, antwortete sie, »der Leitartikel zur Familienpolitik ist enorm spannend. Noch drei Zeilen, dann bin ich für dich da . . .«

Hannes zog die Nase kraus. »Hast du immer noch nicht genug von deinem Leib- und Magenthema? Ich finde, meine berufliche Zukunft sollte Dir wichtiger sein als die Politiker.«

Seine Frau legte das Blatt beiseite, verschränkte die Hände hinter dem Kopf und ließ sich tiefer in das Sofa gleiten.

»Das eine schließt das andere nicht aus«, erwiderte sie. »Als kinderreiche Eltern geht uns alles an, was die da oben beschließen. Schließlich ziehen wir die Steuerzahler des 21. Jahrhunderts groß!

Gesetze, die heute beraten werden, betreffen morgen uns und in zehn Jahren vielleicht schon deine Enkel.«
»Ich habe andere Sorgen«, sagte Hannes. »Heute früh erhielt ich einen Anruf aus Stuttgart.«
Amelie fuhr hoch, beugte sich vor und sah ihrem Mann von unten her ins Gesicht.
»Hat die Firma sich entschieden?« fragte sie.
Hannes nickte.
Amelie hielt die Luft an. »Mensch!« war alles, was sie herausbrachte. Es klang wie ein Seufzer. Hannes unterdrückte ein Lächeln. Er wußte, was seine Frau ausdrücken wollte.
»Tja«, bestätigte er, »finanziell wären wir aus dem Schneider: Sie haben meine Gehaltsforderung genehmigt. Am ersten April könnte ich anfangen.«
»Das ist ja schon in – knapp zehn Wochen!« rief Amelie.
»Neun«, verbesserte Hannes. »Ich habe mit der hiesigen Verlagsleitung gesprochen; sie verzichten auf die Kündigungsfrist. Es gibt eine Warteliste von Leuten, die hier arbeiten wollen und nicht bereit sind, den Wohnort zu wechseln.«
»Umziehen!« stöhnte Amelie. »Ich habe mich gerade an das neue Haus gewöhnt.«
»Im Stuttgarter Raum leben die Menschen auch nicht auf den Bäumen«, grinste Hannes. »Du bleibst mit den Kindern hier, bis ich für uns eine Bleibe gefunden habe. Ich muß mir zunächst ein möbliertes Zimmer suchen.«

»Wann, glaubst du, werden wir zu dir ziehen können?« fragte Amelie.
»Keine Ahnung«, antwortete Hannes.

* * *

»Liebe Oma-Mutti«, schrieb Amelie, »Hannes will mich verlassen. Ich werde mit den Kindern allein sein und muß sehen, wie ich fertig werde . . . (Pause!) Jetzt habe ich Dir einen Schrecken eingejagt, nicht wahr? Aber Du kennst ja meinen schwarzen Humor! Hannes hat eine neue Arbeitsstelle, die ausbaufähiger ist als die alte, und er verdient auch mehr Geld. Deshalb habe ich zugestimmt, obwohl die Trennung lange dauern kann. Am ersten April fängt er in Stuttgart an, bei einer Weltfirma. Das klingt beruhigend, findest Du nicht auch? Früher habe ich über Leute gelacht, die ihr Leben mit Sicherheitswällen umgeben. Aber jetzt denke ich anders. Wenn man für Kinder Verantwortung trägt, gilt der alte Spruch: *Es gibt nichts Gutes, außer man tut es!* Beim Verlag kam Hannes nicht weiter. Ohne das Zubrot durch unsere Schreiberei wären wir nicht über die Runden gekommen. – Die Stuttgarter suchten jemand, der schreiben kann und von Autos etwas versteht. Der Personalchef hatte Hannes' Autobuch in die Finger bekommen und den Verlag nach seiner Adresse gefragt. Er sei in ungekündigter Stellung, hat Hannes auf das Angebot geantwortet – und seine Lohnforderung ziemlich hoch angesetzt. Die Forderung sei angemessen, schrieb der Perso-

nalchef, wer gute Arbeit leiste, solle entsprechend honoriert werden, das sei ein Prinzip des Hauses. Die Botschaft hört man gern! Zunächst fehlte uns der Glaube, aber die Versprechen wurden alle eingelöst. Zur Zeit ist Hannes in Stuttgart, um den Vertrag zu unterschreiben, und um ein möbliertes Zimmer zu mieten. Dann will er sich auf die Suche machen nach einer Wohnung, in die wir alle hineinpassen. Ab und zu wird er uns hier besuchen.
Mutti, Du hast Gerd und mich allein großgezogen. Wie hast Du es bloß geschafft, daß wir unseren Vater nicht vermißt haben? Mir fehlt mein Mann an allen Ecken ...
Jochen ist fleißig in der Lehre, aber sein Meister nutzt ihn weidlich aus. In unserem zukünftigen Wohnort müssen wir einen besseren Ausbildungsbetrieb für ihn finden. Er ist immer vergnügt, aber blaß; ich mache mir Sorgen um ihn. Die kleinen Mädchen sind munter. Eva und Karola wickeln und baden ihre Puppen zur gleichen Zeit, wenn ich Katrin versorge (sie ist fast sauber, aber sicherheitshalber lege ich immer noch eine Windel ins Gummihöschen); beim Spielen und Essen ist die Jüngste eine gleichberechtigte Partnerin ihrer Schwestern, seit sie allein läuft – früher als seinerzeit Eva, sehr viel früher als Karola. So bleibt mir mehr Zeit für alle anfallenden Arbeiten und für meine Schreiberei. Eine große Hilfe ist die Waschmaschine, die Du uns zu Katrins Geburt spendiert hast – ich weiß gar nicht, wie ich früher ohne solch ein Gerät ausgekommen

bin . . . Stefan geht am ersten Juli zur Bundesmarine. Er ist stets korrekt und höflich zu mir, aber seine innere Ablehnung schimmert durch. Ich weiß nicht, was ich falsch mache: Ich finde einfach keinen Zugang zu dem Jungen. Natürlich tut es weh, wenn ein Kind sich so verschließt. Andererseits brauchen junge Menschen ihren Freiraum, ihre Privat-Nische, ebenso dringend wie wir Erwachsenen. Jedes der Kinder ist eine eigenständige Persönlichkeit. Ich kann und darf es nicht formen wollen nach *meinem* Bilde oder nach dem des Vaters. Wenn sie von selbst die Eltern als Vorbild annehmen, gut. Aber erzwingen? Nein, damit macht man zu viel kaputt. Gute Nacht für heute, liebe Oma-Mutti, es ist spät geworden. Das schriftliche Schwätzchen mit Dir hat mir gut getan. In Liebe Deine Amelie.«

* * *

»Was wollen Sie?«

Die spitznasige Frau öffnete ihre Wohnungstür nur so weit, wie es die vorgelegte Kette erlaubte. Durch den Türspalt versuchte sie zu erkennen, wer sie durch anhaltendes Klingeln aufgeschreckt hatte. Was sie sah, gefiel ihr: ein schlanker Mann mit glattrasiertem Gesicht, verstrubbelten braunen Haaren und blauen Augen hinter einer dunkelrandigen Brille. Er trug eine helle Jacke, darunter ein einfarbiges Hemd mit gestreifter Krawatte, graue Hosen und gutgeputzte Schuhe. Das alles sah die Frau beim ersten Blick. Ihre verkniffenen Züge entspannten sich.

»Sie wünschen?« wiederholte sie in freundlicherem Ton.
»Ich komme wegen der Wohnung«, sagte der Mann.
Die Alte griff nach der Kette. Doch vor dem Ausklinken erkundigte sie sich mißtrauisch: »Können Sie eine Vierzimmerwohnung überhaupt bezahlen?«
»Ich verdiene gut und bekomme für fünf Kinder Kindergeld«, erklärte der Mann.
Mit einem Aufschrei ließ die Frau ihre Hände sinken. »Fünf Kinder?« kreischte sie. »Unglaublich! Asozial!! Schämen Sie sich!!! Männer, die so viele Kinder in die Welt setzen, gehören eingesperrt!«
Die Tür flog ins Schloß, bevor Hannes sich von seiner Überraschung erholt hatte. Fluchend lief er die vielen Treppenstufen wieder hinab, die er eben mühsam emporgeklettert war. Sogar eine passende Antwort auf ihre Unverschämtheit bin ich ihr schuldig geblieben, fiel ihm ein. Auf der Straße blieb er stehen und strich die Adresse auf der Liste durch, die er von einem Wohnungsvermittlungsbüro erhalten hatte.
Im nächsten Haus war es ein Mann mit Bart, im übernächsten ein mittelalterliches Ehepaar, im dritten ein dünner Hausmeister mit qualmender Pfeife – verschiedene Typen, aber überall die gleiche Auskunft: »Kinder unerwünscht.« Hannes wohnte bei älteren Leuten in einem Außenbezirk von Stuttgart. Die Straße war so steil, daß er an Glatteistagen das

Auto im Tal stehen lassen und zu Fuß den Berg hinauf laufen mußte. Nach Feierabend und an den Wochenenden klapperte er die Stadt nach Wohnungen ab. Doch auch im zweiten und dritten Monat blieb das Ergebnis seiner Mühe niederschmetternd: Kaum erwähnte er die Kinder, erstarrten die Vermieter zu Salzsäulen. Jede Art von Gemütsbewegung war auf den Gesichtern abzulesen: Abscheu, Schreck, Mitleid, schlechtes Gewissen. Einer hatte Angst um sein frisch renoviertes Treppenhaus, ein anderer sorgte sich um den gepflegten Rasen, der dritte fürchtete sich vor Krach und Geschrei. Hannes redete mit Menschen- und Engelszungen, umsonst. Einmal schien alles zu stimmen – ein abgelegenes Haus, von Blumen und Bäumen umgeben, sogar eine Nachtigall sang im Gebüsch. Aber ach! die Monatsmiete betrug fünfzig Mark mehr als Hannes' Gehalt.

»Es hat keinen Sinn, weiterzumachen«, schrieb er an seine Frau. »Wenn mein Probehalbjahr vorbei ist, komme ich heim, und wir müssen ganz von vorne beginnen. Ich bin mit so vielen Hoffnungen hergekommen. Die Arbeit macht mir Spaß, ich kann eigene Ideen entwickeln und werde nicht gebremst oder bevormundet. Aber ohne Euch? Das halte ich nicht aus. Es ist zum Verzweifeln, aber ich sehe keinen Weg. Im Oktober bin ich wieder in Gütersloh, dann können wir auf der Straße singen, damit unsere Kinder satt werden . . . Verzeih mir. Hannes.

P. S. Anbei das Merian-Heft *Stuttgart*, in dem ein

anderer Reingeschmeckter von ähnlichen Erfahrungen berichtet. Mich hat's getröstet – aber helfen kann uns niemand.«

* * *

Es klopfte an der Haustür. Amelie, die eben Strümpfe reparierte, ließ ihre Hand mit der halbgestopften Socke sinken. Während sie aufstand, dachte sie: Es wird der Briefträger sein, er kommt immer so spät hier draußen am Ende der Welt. Sie drückte auf die Türklinke.
»Hallo, da bin ich! Eure Klingel scheint kaputt zu sein.«
»Duuu???«
Vor Überraschung vergaß Amelie, ihre Mutter zu begrüßen. Erst nachdem Thea Gregor ihre Reisetasche im Flur abgestellt und ihre Jacke an der Garderobe aufgehängt hatte, kam Amelie zu sich. Sie stand mit gesenktem Kopf und schniefte mehrmals. Oma Gregor zog ein Taschentuch aus ihrer Rocktasche und fuhr ihrer Tochter damit übers Gesicht.
»Na, na!« sagte sie in dem tröstenden Tonfall, den sie für Katzen, kleine Hunde und schreiende Säuglinge bereit hielt. »Freust du dich denn gar nicht?«
»Doch«, stammelte Amelie, »ich fasse es nicht, daß du hier bist. Woher weißt du, daß ich verzweifelt bin?«
»Ich habe es geahnt«, erklärte ihre Mutter. »Eine Woche kann ich bleiben. Du mußt zu Hannes fahren und ihm helfen. Gut, daß du mir seinen Brief ge-

schickt hast. So schnell wirft man die Flinte nicht ins Korn! Ich hab mich am Bahnhof erkundigt, um 12 Uhr geht ein Zug. Du mußt nur einmal umsteigen.«

Jetzt erst bemerkte sie den Babybauch, den Amelie vor sich her trug. »Auch das noch!« rief sie, ehrlich entsetzt. Als sie Amelie ins Gesicht sah, erkannte sie ihren Fehler. »Verzeih, Kind, es war nicht bös gemeint. Geht es dir gut? Traust du dir eine Reise überhaupt zu?«

Amelie lächelte unter Tränen.

»Es ist ein Christkindl, weißt du – ein Weihnachtsgeschenk von Hannes mit neunmonatiger Lieferfrist. Es war nicht eingeplant – aber jetzt freuen wir uns auf das Kind.« Nach einer kleinen Pause fuhr sie fort: »Natürlich fahre ich. Es kommt alles ein bißchen plötzlich. Ich bin dir dankbar, wirklich.«

»Wo sind die Kinder?«

»Jochen ist zur Arbeit, Eva im Kindergarten. Karola quengelt, weil sie mitgehen will, aber sie nehmen sie erst ab August, wenn sie drei ist. Katrin rennt hinter mir her, wo ich gehe und stehe. Im Augenblick schlafen die beiden. Nachmittags bringen die Kinder Freunde mit, alles wuselt durcheinander und das Haus summt wie ein Bienenstock. Hältst du das aus, Mutti? Wird dir das nicht zuviel?« Amelie merkte, daß sie keine Antwort bekommen würde: ihre Mutter war schon auf dem Weg in den ersten Stock, um das Nötigste für die Reise zu packen.

Zwei Stunden später saß sie im Zug. Sie hatte nicht einmal Zeit gehabt, Hannes zu benachrichtigen.

* * *

Das erste, was Amelie im Treppenhaus sah, war ein Po, darunter ein hochgerutschter Rock und stramme Waden. Zwei nackte Arme bewegten einen nassen Aufwischlappen hin und her. An der Wand über der schwankenden Gestalt hing ein Schild, auf dem ein Besen abgebildet war; daneben stand in großen schwarzen Buchstaben: KEHRWOCHE.

Vergeblich versuchte Amelie, an der fleißigen Frau vorbeizukommen. Erst als die Dicke mit der letzten Treppenstufe fertig war, richtete sie sich auf und fuhr die Fremde an: »Haxe abkratze! Grad han i putzt!«

Amelie verstand kein Wort. Höflich erklärte sie, sie wolle zu Herrn Berger. Die Frau stemmte ihre Fäuste auf die Hüften. »Dös gibb's fei nidde!« rief sie empört. »Dameb'such isch verbodde! Dös isch a o'ständigs Haus.«

»Sind Sie seine Wirtin?« fragte Amelie irritiert.

Die Frau starrte. »I bin sei Hausfrau*«, gab sie zurück.

Energisch schüttelte Amelie den Kopf.

»Nein, das sind Sie nicht! Seine Frau bin ich!«

»Ha?« fragte die Frau; es klang wie das Knurren eines Raubtiers, das sein Opfer warnt. Weil beide

---

* schwäbisch für: »Vermieterin«

nicht wußten, daß das Wort Hausfrau im Süden und im Norden verschiedene Bedeutung hat, hielt jede die andere für eine Lügnerin. Amelie nutzte ihre größere Beweglichkeit, um sich an der verdutzten Frau vorbeizuschlängeln und die Treppe hinauf zu gehen. Über einem Namensschild im fünften Stock hing ein Stück Pappe, auf dem BERGER stand. Erleichtert drückte Amelie auf den Klingelknopf.

Der Blick, mit dem ihr Mann sie ansah, die Bewegung, mit der er sie in den Flur zog, und die Arme, die sie zusammendrückten, entschädigten für die Strapazen der Reise. In Hannes' kleiner Dachstube genossen sie ihr Wiedersehen.

Am nächsten Morgen ging Hannes nicht zur Arbeit. Er hatte so viele Überstunden angesammelt, daß er »gleiten«, das heißt: die zu viel gearbeitete Zeit abbummeln konnte. Es war Mittsommer, die Tage wurden wieder länger, so konnten sie ihre Wohnungssuche bis in die Abendstunden ausdehnen. Doch gemeinsam hatten sie genau so wenig Erfolg wie Hannes allein. Omas Kommen und Amelies Reise schienen vergeblich gewesen zu sein.

Am letzten Tag – Amelies Zug ging um Mitternacht – sagte Hannes: »Ich bin das ewige Rennen leid. Du hast überhaupt noch nichts von der Gegend gesehen. Wer weiß, wann wir je wieder nach Süddeutschland kommen. Ich schlage vor, wir gehen ins Blühende Barock.«

Amelie lachte und meinte, er wolle sie foppen.

»Barock ist ein Stil, keine Blüte!« klärte sie ihn auf.

Hannes legte den Zeigefinger gegen seine Lippen, guckte verschmitzt und sagte: »Du wirst schon sehen!«
Sie fuhren auf der B 27 eine halbe Stunde lang in nördlicher Richtung, dann parkte Hannes sein Auto vor dem schmiedeeisernen Gitter einer ausgedehnten Schloßanlage. Schwarz-gelbe Fahnen flatterten an hohen Stangen und sonntäglich gekleidete Menschen strömten durch die geöffneten Eingangstore, vorbei an strengblickenden Männern mit Dienstmützen, die Eintrittskarten kontrollierten. Amelie betrachtete die Plakate mit dem blumenverzierten L und erkannte: das »Blühende Barock« gibt es wirklich. Es ist der Name der Ludwigsburger Gartenschau. Eigentlich müßte sie »Blumen und Barock« heißen, denn natürlich blühte das gelbe Barockschloß nicht selbst. Doch es war eingerahmt von einem Teppich aus Farben und Blüten: tausende von Rosenbüschen säumten die kiesbestreuten Wege. Putten und steinerne Göttinnen saßen auf Brüstungen oder lugten über sauber geschnittene Tuja-Hekken. Durch ein Spalier von kreisrunden Springbrunnen gingen Hannes und Amelie auf einen See zu, in dessen Mitte eine haushohe Fontäne Wasserschleier in die Luft warf. Auf dem Grasrand, der die künstliche Wasserfläche umgab, ruhten buntscheckige Erpel, exotische Gänse rupften an den Halmen. Ein Schwarzhalsschwanenpaar führte seine Jungen spazieren. Zu Füßen der Freitreppe, die zum Schloß hinaufführte, waren aus Buchsbaum und bunten

Kieseln zierliche Muster gelegt, gepflanzt und geschnitten. Durch eine Allee alter Kastanienbäume erreichten sie das Tal der Vogelstimmen, in dem es nach dem Schilf roch, das einen glasklaren Bachlauf einfaßte. Am Rand der Flamingowiese bogen sich Rhododendronbüsche unter der Last ihrer lachsroten Blüten. Flamingos, Reiher und Kraniche stolzierten über die Rasenflächen. Im stillen Wasser flacher Teiche glitten Goldfischschwärme am Grund entlang. Einzelne Fischmäuler durchstießen die Wasseroberfläche auf der Suche nach Futter, das die Besucher reichlich streuten. Im Märchengarten ließ Rapunzel ihren Zopf von der Spitze eines künstlichen Burgturmes herabschweben. Staunende Kinder standen vor Spiegeln, in denen auf Anruf Schneewittchen, Rübezahl oder das Tischlein-deckdich erschienen – und wieder verschwanden. In einer abgeteilten Ecke des Märchengartens spielten zwei Froschkönige mit goldenen Bällen und spritzten vorwitzige Besucher naß. Ein Goldesel spuckte Dukaten, die sieben Geißlein versteckten sich vor dem Wolf und ein sprechender Papagei wiederholte alles, was man ihm sagte, solange sein Auge glühte.

»Tonband«, erklärte Hannes überflüssigerweise.

Amelie lief neben ihm her durch den Park und ließ sich verzaubern.

»Hier könnte ich leben«, sagte sie. »Schau, dort der Spielplatz mit dem schwingenden Krokodil, dem Rundlauf und den Schaukeln – das wäre ein Traumparadies für unsere Mädels. Im Blühenden Barock würde es den Kindern niemals langweilig. Hannes – vergiß Stuttgart – such uns eine Bleibe in Ludwigsburg! Das ist die Lösung unseres Problems. Wir wollen keine Großstadtwohnung, in der unsere Kinder unerwünscht sind. Such uns ein Haus, und sei es noch so klein, in einer Stadt, die *solche* Angebote für die Jüngsten hat!«

Hannes sah seine Frau an. Langsam glätteten sich seine Sorgenfalten auf Stirn und Wangen.

»Ehrlich, Amelie? Du meinst, ich sollte nicht aufgeben?«

Erst schüttelte sie den Kopf, dann nickte sie. »Ich weiß, hier werden wir wohnen«, erklärte sie. »Ich habe das so im Gefühl . . .«

Sie sollte recht behalten. Eine Woche nach ihrer Rückkehr – Oma Gregor war längst wieder in Berlin – schrieb Hannes, er habe sich Reihenhäuser in Ludwigsburg angeschaut, die am Rand einer Ausfallstraße gebaut würden. Sie hätten fast den gleichen Grundriß wie die in der Kinderreichensiedlung von Gütersloh. Ein Eckhaus und ein Mittelhaus seien noch frei gewesen. Er habe sich für das Eckhaus entschieden.

Postwendend telegrafierte Amelie: »Einverstanden!«

14. Kapitel:

Drei und eins ist sechs

Der Wetterfrosch im Radio erklärte, dieser Sommer sei der heißeste seit 65 Jahren. Die Gärten verdorrten weil Sprengen verboten war: es herrschte Wassermangel. In geschlossenen Räumen war es kaum auszuhalten ohne Klimaanlage, kühl war es nur an der Dahlke. Täglich ging Amelie mit den drei kleinen Mädchen hinunter zum Bach. Eva nahm ihre Schwestern bei den Händen und lief mit ihnen durchs seichte Wasser. Im Gegenlicht leuchteten Katrins Haare wie ein Heiligenschein. Karola ließ Kiesel ins Wasser fallen und quiekte vor Vergnügen, wenn sie sich und die Schwestern naßspritzte. Eva drehte flache Ufersteine um auf der vergeblichen Suche nach Krebsen.

Einen Fotoapparat sollte man haben, dachte Amelie. Sie saß auf der Uferböschung im Schatten der Weiden und kühlte ihre geschwollenen Füße. Ihren Leib mußte sie mit beiden Händen festhalten, so schwer war er geworden. Sie schloß die Augen und genoß den ländlichen Frieden. In Ludwigsburg rauschen verdolte Abwässer an unserem Haus vorbei, keine klaren Bäche, dachte sie. Dann fielen ihr die schönen Parkanlagen ein, auf die sie sich freute. Der Abschied von Gütersloh wurde ihr leicht.

Auf dem Heimweg hüpften die Mädchen, der Hitze

zum Trotz, über die Wiesen. Amelie schlich langsam hinterher. Ihr war, als schnitten die Sonnenstrahlen ihr den Atem ab. Das vierte Kind in fünf Jahren – sie hätte sich gern in ein Mauseloch verkrochen, um alle Verantwortung, Mühe, Sorgen und Pläne los zu sein. Liebe, Freude und Glück fanden gleichzeitig in ihrem Leben statt, dafür war sie dankbar. Aber heute, an diesem drückend heißen Septembertag, war ihr alles zu viel. Fliehen, ruhen, untertauchen – seltsam, solche Gedanken hatte sie noch nie gedacht . . .

Das letzte Wegstück mußte sie Katrin tragen. Sie setzte sich das Kind auf die Schultern, um das Gewicht besser zu verteilen. Im Nachtigallenweg, kurz vor dem Haus, stolperte sie plötzlich und fiel der Länge nach hin. Katrin schlug mit dem Gesicht auf den rauhen Belag des Bürgersteiges, blutete aus vielen Wunden und schrie. Eva nahm die kleine Schwester auf und schleppte sie in ihren Armen ins Haus. Karola stand hilflos neben ihrer Mutter, die seltsam verkrümmt auf der Straße lag. Nachbarinnen stürzten aus den umliegenden Wohnblocks und umstanden die Schwangere. Amelie versuchte aufzustehen, ein Dutzend Hände halfen ihr. Rechts und links von zwei Frauen gestützt wankte sie zum Haus.

»Es geht schon wieder«, sagte sie, »Danke für die Hilfe.« Sie schloß die Haustür auf, schob die Mädchen vor sich her ins Haus, versorgte Katrins Wunden und brachte die Kleine ins Bett. Dann ging sie ins Elternschlafzimmer hinüber und ließ die Flurtür offen. Sie lag auf dem Doppelbett, das für sie allein viel zu breit war, und horchte auf die Flüsterunterhaltung im Kinderzimmer. Plötzlich klappte im Dachstock eine Tür, Musik war zu hören und Jochen kam die Treppe heruntergepoltert.

»Du bist schon daheim?« fragte Amelie. »Wie gut!«

»Ich wollt mir was zu trinken holen«, sagte er. »Fehlt dir was?«

»Ich bin hingefallen«, erwiderte sie. »Der Tag war so heiß. In der Küche steht Brot und Marmelade, Milch ist im Kühlschrank. Bitte frag die Mädels, ob sie Hunger haben.«

»Ruh dich aus, ich versorg uns schon«, sagte er. Sein Kopf verschwand aus der Türöffnung. Gleich darauf hörte Amelie ihn im unteren Stockwerk rumoren. Er wird Hannes immer ähnlicher, dachte sie. Alle Bergers haben eine Begabung zum Familienvater, sogar Stefan. Geerbt oder erworben? Ist das Vorbild wichtiger oder die Veranlagung – oder beides? Überm Nachdenken nickte sie ein . . .

Die Glocken vom fernen Kirchturm schlugen zwölf Mal. Die Schläge hallten durch die Stille der warmen Sommernacht, als wären sie in Silberpapier verpackt. Amelie fuhr hoch. Das Geräusch wird die Kleinen wecken, dachte sie und stand auf, um das Fenster zu schließen.

Als sie die Arme hob, kam der Schmerz. Ihr war, als stieße jemand ein Messer in ihre Seite. Sie hielt den Atem an, um nicht laut zu stöhnen. Die Wehe war ebenso schnell vorüber, wie sie gekommen war. Amelie guckte auf den Kalender, der an der Wand hing. Donnerstag, der 3. September – drei Wochen früher, als sie gerechnet hatte. Das Baby drängte in die Welt und nichts war vorbereitet. Sie zog sich einen Kittel über und begann, ihr Köfferchen zu packen. Sie wußte, was sie im Krankenhaus brauchen würde. Beim vierten Kind hat man Erfahrung, dachte sie, Mutter-werden sollte als Lehrberuf anerkannt werden. Sie wollte lachen, aber die nächste Wehe machte ihrer Fröhlichkeit ein Ende. Als der Krampf vorbei war, ging sie zur Treppe und rief nach Jochen. Amelie trommelte so lange gegen das Treppengeländer, bis Jochen aufmerksam wurde. Sie bat ihn, zum Telefonhäuschen zu laufen, ein Taxi zu bestellen und die Oma in Berlin anzurufen. Erschrocken gehorchte der Junge.

* * *

Als Thea Gregor gegen drei Uhr nachmittags an der Haustür klingelte, rührte sich nichts. Erst nach mehrmaligem Läuten erschien Eva am Fenster und rief: »Ich kann nicht aufmachen, das Haus ist abgeschlossen.«
»Wo sind die anderen?« fragte Oma.
»Mutti ist im Krankenhaus, ich paß auf die Kleinen auf«, erklärte die Fünfjährige.
Bevor Oma Gregor weiterfragen konnte, zupfte jemand sie am Ärmel. Sie drehte sich um und erkannte Jochen.

»Ich hab Mutti in die Klinik begleitet«, sagte er. »Jetzt hab ich Hunger.«
»Wie geht es ihr?«
»Gut. Sie läßt grüßen.«
»Hast du einen Hausschlüssel?«
Jochen griff in den Ausschnitt seines kurzärmligen Hemdes und holte eine Kordel hervor, an der ein Schlüsselbund hing. Er versuchte alle Schlüssel. Der letzte paßte. Jochen gab der Tür einen Schubs, daß sie gegen die Innenwand prallte, verbeugte sich und bat mit einem weitausholenden Armschwung seine Adoptiv-Oma ins Haus.
»Danke!« lachte Thea Gregor. »Das war bühnenreif.«
Jochen stellte ihren Koffer in den Flur, dann stürmte er, immer zwei Stufen auf einmal nehmend, ins Kinderzimmer.
»Sie ist da! Oma ist gekommen!« verkündete er.
»Ich hätt' sie reingelassen, aber das Haus war zu«, beklagte sich Eva.
»Damit ihr nicht weglauft«, belehrte sie der große Bruder.
»Und wenn's brennte?« fragte Karola.
»Wenn es gebrannt hätte«, verbesserte Eva.
»Dann wär't ihr durchs Fenster gesprungen – oder durch die Balkontür gegangen«, meinte Jochen.
»Tontür dedannen«, nickte Katrin.
Sie hörten Oma in der Küche hantieren. Die Melodie, die sie pfiff, kam Jochen bekannt vor. Er nahm Katrin auf den Arm und rutschte das Treppengelän-

der hinunter. Die Mädels purzelten hinterher, um Oma zu begrüßen. »Das Lied kenn ich«, rief Jochen und fing an zu singen. Plötzlich merkte er, daß Oma die zweite Stimme summte. Während der nächsten Strophe füllte sie heiße Milch in einen Keramik-Krug, tat Schokoladenpulver hinein und rührte um. Dann goß sie den Kakao in fünf Becher und stellte sie neben die Teller mit gebratenen Frikadellen*, die sie bereitet hatte. Die Mädchen mampften los.
»Woher kennst du das Lied?« fragte Jochen.
»Früher habe ich viel gesungen – zu Hause, in der Schule und in der Jungschar«, sagte Oma.
Jochen prustete wie ein Nilpferd. »Du in der Jungschar?«
Thea Gregor stimmte in sein Lachen ein.
»Ich war auch mal jung, das kannst du dir kaum vorstellen, was?«
Jochen kniff ein Auge zu und musterte sie mit einem langen Blick. »Richtig!« sagte er schließlich.
»Wie alt bist du?«
»Fünfzehn.«
»Dann weißt du, daß alle Menschen als Babys auf die Welt kommen.«
»'Türlich«, grinste Jochen. »Wissen tu ich's, aber vorstellen kann ich mir's bei dir nicht.«
»Wissen und vorstellen – ja, das ist etwas Verschiedenes«, bestätigte Thea Gregor.

---

* auf schwäbisch: Fleischküchle, auf berlinerisch: Klopse.

»Wie lange dauert es, bis ein Baby da ist?« erkundigte sich Eva. »Mutti ist schon so lange weg.«
Erschrocken blickte Thea Gregor auf ihre Armbanduhr.
»Vor lauter Erzählen habe ich beinahe die Hauptsache vergessen!« rief sie. »Wo habe ich bloß meinen Kopf? Meine alten Damen erinnern mich immer, wenn sie etwas brauchen ... Ich muß sofort im Krankenhaus anrufen.«
»Wir komm' mit«, erklärte Karola und legte den Löffel weg.
»Tomm mit«, bestätigte Katrin.
Jochen holte den Sportwagen aus dem Keller und setzte Katrin hinein. »Ich habe keine Lust, sie dauernd zu schleppen«, sagte er.
Erst unterwegs zur Telefonzelle fand Oma Zeit, ihre Enkelinnen näher zu betrachten.
»Warum ist Katrins Gesicht so zerschunden?« fragte sie.
»Wir waren gestern an der Dahlke und dann ist Mutti mit ihr hingefallen«, berichtete Eva.
»Hingefallen? Mutti?« wiederholte Oma und beschleunigte ihren Schritt. »Ist deshalb das Baby so früh ...«
»Ich glaub schon«, fiel Jochen ihr ins Wort. »Im Krankenhaus hab ich was gehört von Notfall und Risikogeburt.«
»Um Gottes willen, warum sagst du das nicht gleich?« rief Thea Gregor. »Wir singen und essen und derweil ... liegt Amelie ... im ...«

In letzter Minute unterdrückte sie das Wort Sterben, das ihr auf der Zunge lag.
»Kreißsaal«, ergänzte Jochen.
Oma legte einen Arm um seine Schulter – als Dank für das richtige Wort im richtigen Moment. Und um sich zu stützen. Ihre Knie fühlten sich an, als wären sie aus Pudding. Eva rannte vor, um die Tür der Telefonzelle für Oma aufzuhalten. Eingekeilt zwischen ihren Enkelinnen und Jochen suchte Thea Gregor die Nummer der Klinik, warf zwei Groschen ein, wählte und wartete. Endlich nahm jemand am anderen Ende der Leitung den Hörer ab.
»Entbindungsstation bitte.« Pause. »Hier spricht Frau Gregor, ist das Kind da?« Pause. »Verzeihung, natürlich haben sie viele Neugeborene. Berger, meine Tochter heißt Berger.« Gespannt starrten die Kinder auf Omas Gesicht, um die Neuigkeiten abzulesen, die sie hörte. Es schienen gute Nachrichten zu sein, denn ihre Züge entspannten sich. Als sie mit einem geseufzten »Gottseidank« den Hörer auflegte, riefen die Kinder durcheinander: »Was ist? Sag schon? Erzähl!«
»Ein Junge, siebeneinhalb Pfund schwer und 52 Zentimeter lang. Mutter und Kind sind wohlauf.«
Um nicht losheulen zu müssen, schluckte Oma ein paar mal, dann war der Kloß in ihrem Hals verschwunden.
Sie hatte ein Freudengeheul erwartet, aber merkwürdigerweise blieben die Mädchen still. Auch auf dem Heimweg sagten sie kein Wort. Erst abends

beim Schlafengehen brach die Begeisterung sich Bahn. Eva und Karola standen in ihren Betten, hüpften auf und nieder und schrien im Takt: »Andy is deboren! Andy is deboren!«
Ohne es zu merken, fielen sie in die Babysprache zurück, die sie längst abgelegt hatten. Katrin stand in ihrem Gitterbett, rüttelte an den Stäben und krähte: »Be-booden!« Der Lärm war ohrenbetäubend, aber Oma machte das nichts aus. Sie umarmte alle der Reihe nach, gab jeder einen dicken Kuß und lachte und weinte zugleich.

15. Kapitel:

Ohne Oma geht es nicht

Andreas war sechs Monate alt, als Bergers nach Süddeutschland zogen. Sie hatten ihre Doppelhaushälfte in Gütersloh an eine Flüchtlingsfamilie mit neun Kindern verkauft, die froh war, endlich eine menschenwürdige Bleibe zu finden. Der Erlös reichte zur Anzahlung für das Ludwigsburger Haus.

Hannes' Firma bezahlte den Umzug und stellte ein Geschäftsauto für den Transport der Familie zur Verfügung. Seinen Kleinwagen ließ Hannes im Süden – die drei Mädchen und Andys zum Babybett umfunktionierter Wäschekorb hätten nicht hineingepaßt. Jochen durfte in dem Möbellaster mitfahren, in dem Bergers Habe verstaut war.

Sie brauchten acht Stunden für die weite Strecke, Versperpause, Windelnwechseln und Babyfüttern eingerechnet. Als sie ankamen, dämmerte es bereits und die Möbelpacker weigerten sich, so spät noch abzuladen. Sie kämen in der Frühe um sechs Uhr wieder, verkündeten sie. Mit Mühe konnte Hannes ihnen einige überzählige graue Packdecken abschwatzen.

Über ein Holzbrett, das den noch nicht zugeschütteten Baugraben überbrückte, trug Amelie das Baby ins leere Haus. Sie ging an der Küche vorbei, in der

Gasherd und Spüle bereits angeschlossen waren. Im kahlen Wohnzimmer stellte sie den Korb auf die Erde, kniete davor nieder und wickelte ihren Sohn. Dann nahm sie das Kind an die Brust und gab ihm zu trinken.

Hannes lief in den Keller nach Holz und Kohlen und machte Feuer im Kachelofen, der von der Diele aus beheizt wurde. Jochen plünderte den mitgebrachten Verpflegungskorb und gab jedem ein Stück Brot. Die Kleinen nagten daran herum und verstreuten die Krümel über den Teppichboden. Die Tütenmilch war kalt und hatte einen Stich, aber etwas anderes hatten sie nicht gegen ihren Durst. Der Kaffee in der Warmhaltekanne war alle.

Jochen, Eva und Karola rannten durchs Haus und guckten in alle Zimmer. Aber niemand hatte Lust, oben allein zu schlafen. Hannes wickelte die Kinder in die Möbelpackerdecken und legte sie nebeneinander auf den Boden. Sie schliefen sofort ein, erschöpft von der langen Reise.

Amelie versorgte den Jüngsten, rieb ihre Stirn an seiner weichen, runden Wange und legte ihn in den Korb zurück. Der Kleine steckte zwei Finger in den Mund, nuckelte eine Weile und schlief ein. Ein friedliches Kind, Gott sei Dank! dachte Amelie. Wenn Andy mit Geschrei die anderen wecken würde – ich wüßte nicht, was ich täte . . .

Langsam wurde es wärmer im Wohnzimmer, das noch keines war. Hannes tat zwei Briketts in den Ofen. Dann breitete er die letzte Decke aus, legte sich darauf und streckte die Arme nach Amelie aus.

»Komm«, sagte er.

Amelie kuschelte sich an ihren Mann und empfand seinen Arm, der quer über ihrem Rücken lag, als Trost. Ein bißchen anders hatte sie sich ihren Einzug in Ludwigsburg vorgestellt – aber morgen war ein neuer Tag.

Mitten in der Nacht wachte sie auf. Durch die gardinenlosen Scheiben der Balkontür fiel Mondlicht auf ihr Gesicht. Sie hatte Mühe, sich aufzurichten, so zerschlagen fühlte sie sich. Mit Schulterrollen, Kopfkreisen und Rumpfdrehen lockerte sie ihre steifen Gelenke. Dann stieg sie über die schlafenden Kinder und blickte hinaus. Gegenüber, auf der anderen Straßenseite, schien der Mond durch die leeren Fensterhöhlen eines unfertigen Miethauses. Unter dem Balkon, in ihrem zukünftigen Garten, lagen zerbrochene Hohlblocksteine herum. Auf dem Platz der geplanten Garage – die noch nicht gebaut worden war, weil das Geld nicht reichte – standen meterbreite Pfützen. Darin spiegelte sich das Licht von Behelfslampen, die an einem schwarzen Kabel über der Auffahrt hingen, rechts und links von langen Holzpfosten gestützt. Erst jetzt, beim Anblick der trostlos halbfertigen Umgebung wurde ihr bewußt, was sie sich vorgenommen hatten: aus kahlen Wänden ein Heim zu schaffen und aus wüstem Land einen blühenden Garten – wie Adam und Eva nach der Vertreibung aus dem Paradies . . .

Amelie zitterte, vor Kälte und vor Verzweiflung. Alle hielten sie für stark und unverwüstlich, weil sie nicht zeigte, wie überfordert sie sich manchmal fühlte. In dieser bleichen Mondnacht, ohne Beobachter und ohne Maskenzwang, erkannte sie: Niemals darf ich schwach werden, niemals zugeben, wenn ich am Ende bin. Die Familie lebt von meiner Kraft . . . Hannes wird den Tag über in Stuttgart sein; wenn er abends heimkommt, will ich ihm ein gemütliches Heim, eine heile Welt bereiten . . . für Jochen muß ich eine neue Lehrstelle finden, Eva in der Schule anmelden, Karola in den Kindergarten begleiten, Katrin hüten, Andy baden, wickeln und füttern . . . für die ganze Familie kochen und waschen, Schränke einräumen und Gardinen aufhängen und Zimmer putzen und Garten graben und . . . ich schaffe es nicht, ich habe mir zuviel zugemutet.
Amelie biß sich auf die Lippen und wischte die Tränen weg, die ihr über die Wangen rannen. Sie wollte die Mutlosigkeit nicht hochkommen lassen, die sie in sich emporkriechen fühlte. Sie legte beide Arme um ihre Schultern, um sich selber Halt zu geben. Dann wandte sie den Kopf und betrachtete die fünf Deckenwürste, aus denen oben blonde Haarschöpfe und unten bloße Füße herausschauten, daneben das Baby im Korb. Als ich nach Gütersloh kam, waren wir zu viert, als wir fortzogen, hatten wir uns verdoppelt . . . bevor Andreas geboren wurde, ging Stefan zum Bund – jetzt schippert er irgendwo im Atlantik umher, es kann auch die Nordsee sein, so

genau wissen wir das nicht: zu Weihnachten kam eine Karte aus der Karibik, seither haben wir noch nicht wieder von ihm gehört . . .

»Gut, daß du da bist!«

Amelie fuhr zusammen. Dann sah sie, daß Hannes aufgewacht war und sie beobachtete. Sie ließ die Arme sinken und fühlte ihre Mattigkeit verfliegen wie Nebelschwaden vor der Sonne.

»Guten Morgen, Herr Doktor!« sagte sie halblaut.

»Wie komme ich zu dem Titel?« fragte Hannes, leicht verwirrt.

»Du hast im richtigen Moment das heilende Wort gefunden, deshalb nenne ich dich Doktor, Arzt, Heilkünstler, Medizinmann . . .«

»Nenn es dann, wie du willst, nenn's Glück! Herz! Liebe! Gott! Ich habe keinen Namen dafür! Gefühl ist alles; Name ist Schall und Rauch, umnebelnd Himmelsglut . . .«

»Goethe – Faust – hier und jetzt – oh Hannes!« seufzte Amelie. Sekundenlang sahen sie einander an, dann prusteten sie gleichzeitig los. Amelie stieg über die Kinderkörper hinweg und ließ sich in seine Arme fallen. Als sie wieder zu Atem gekommen waren, meinte Hannes: »Ein Gutes hat dieser ungewöhnliche Einzug ins neue Haus: wir werden ihn bestimmt nicht vergessen.«

»Niemals!« bestätigte seine Frau.

* * *

Auch der nächste Tag ging vorüber, sie wußten hinterher nicht, wie. Männer schleppten Möbel und fragten, wohin sie gehörten. Karola und Katrin wollten helfen und standen überall im Wege. Während Eva beauftragt wurde, die beiden zu beschäftigen, wachte Andy auf und schrie nach seiner Mahlzeit. Hannes schimpfte, weil er vergessen hatte, Bier für die Möbelträger bereitzustellen. Mitten im größten Durcheinander mußte er in die Stadt fahren, um welches zu besorgen. Amelie suchte nach Streichhölzern, um in dem einzigen Kochtopf, der bis mittags aufgetaucht war, irgendetwas Eßbares zu bereiten. Als Hannes zurückkam, war der Möbelwagen leer und die Packer setzten sich in die Küche. Zu ihren belegten Broten tranken sie das frische Bier. Dem Vorarbeiter gingen die Zigaretten aus. Er murrte, weil Hannes keine mitgebracht hatte.
»Wenn man selber nicht raucht, vergißt man sowas«, entschuldigte sich der Hausherr. Jochen erbot sich, welche zu kaufen. Nach einer Viertelstunde kehrte er unverrichteter Dinge zurück: er hatte keinen Automaten entdeckt und die Läden hatten über Mittag geschlossen.
»Wir sind sowieso gleich fertig«, brummte ein bärtiger Riese, der am meisten geschleppt hatte, »so lange kann's der Kapo ohne Glimmstengel aushalten.«
Da er der Stärkste von allen war, widersprach niemand.
Zwar waren die Möbel im Haus verteilt, aber die

Kisten mit Geschirr, Wäsche und Büchern standen noch ungeöffnet im Flur.
»Irre, was sich in wenigen Jahren in einem Haushalt alles ansammelt«, stellte Jochen fest.
Mit eisernen Hebeln brachen die Männer die Kistendeckel auf, holten eingewickelte Gegenstände heraus und stellten sie nebeneinander auf den Fußboden. Eva und Jochen halfen den Eltern, alles in Schränken und Regalen zu verstauen. Kein Glas zerbrach, kein Teller ging zu Boden, kein Buch wurde als Fußball mißbraucht.
»Nie würden wir ohne euch fertig!« lobte Amelie.
»Jetzt merkst du endlich, wozu viele Kinder gut sind«, witzelte Hannes.
»Schlauer Vater!« spottete Jochen. »Wären wir weniger, so brauchten wir kein Haus.«
»Wären wir mehr, reichte eins nicht aus«, ergänzte Amelie.
»Mutti ist ein Dichter«, erkannte Eva.
Jochen guckte verdutzt – er hatte im Eifer des Wortgefechts nicht gemerkt, daß Haus sich auf aus reimt.
»Ganz klar!« lachte Hannes. »Ihr seid die Größten.«
»Warum sprichst du von mir in der Mehrzahl?« fragte Jochen und machte ein pfiffiges Gesicht.
»Er wird größenwahnsinnig!« schrie Eva begeistert.
Karola, die im Kinderzimmer mit Katrin und Andy spielte, hörte den Lärm und lief die Treppe hinunter. Hinter ihr kam Katrin aus der Tür. Am Trep-

penabsatz zögerte sie, überlegte einen Augenblick, dann drehte sie sich um und kroch auf allen Vieren rückwärts die Treppe hinab. Amelie wollte helfen, aber Hannes hielt sie zurück. Unversehrt kam Katrin in der Diele an. Als sie sich aufrichtete, strahlten ihre Augen vor Stolz über die vollbrachte Leistung. Hannes strich ihr über den Kopf und nahm sie auf den Arm.

»Wunderkinder!« rief er. »Amelie, wir sind umgeben von lauter Genies!«

In das aufbrandende Gelächter hinein riefen die Packer: »Wir sind fertig!« Das Holzbrett, das über dem Baugraben lag, ächzte unter ihren Füßen, als sie das Haus verließen.

»Ein Narrenhaus!« knurrte der Kapo.

»Aber ein lustiges«, fand der bärtige Riese.

Die Männer stiegen in den leeren Möbellaster. Als sie abfuhren, standen die Kinder auf dem Balkon und winkten.

* * *

»Ludwigsburg, am Ostermontag.

Liebe Mutti und Oma! Der Einzug ist überstanden. Gestern haben wir Ostereier im Garten versteckt – sagen wir lieber: dort, wo einmal der Garten sein wird. Die erste Nacht war unbeschreiblich! Sei froh, daß Du nicht hier warst, Dir hätten bestimmt die Haare zu Berge gestanden. Jetzt stehen die Betten, die Kisten sind leer und die Schränke gefüllt. Gardinen aufzuhängen hat noch keinen Sinn, weil die

Gipser gerade den Außenputz anbringen. Sie turnen auf dem Gerüst vor unseren Fenstern herum und wir müssen die Rolläden hinunterlassen, wenn wir baden wollen. Täglich sind einige Zimmer verdunkelt, um die Scheiben zu schonen, und wir leben umschichtig in den nicht-dunklen Räumen. Letzte Woche wurde endlich der Baugraben zugeschüttet und übermorgen soll das Gerüst verschwinden. Langsam normalisiert sich unser Leben, aber es bleibt noch viel zu tun.

Für Jochen hatten wir Glück: Bei einer großen Gärtnerei in unserer Straße hatte ein Lehrling das Handtuch geworfen – ein Aussteigertyp, der sowieso nichts tat, sagt der Gärtnermeister. Dort war man sofort bereit, Jochen ins dritte Lehrjahr aufzunehmen. Die Frau des Chefs ist sehr nett, in ihrer Tatkraft erinnert sie mich an Dich, Mama! Sie behandelt Jochen wie einen Erwachsenen und das tut ihm (und uns!) gut.

Noch sind Ferien und Hannes hat über Ostern frei. Wie es sein wird, wenn ich tagsüber mit den Kindern allein bin, weiß ich nicht. Bei schönem Wetter gehen wir mit den Kleinen auf den nahen Spielplatz im Blühenden Barock oder in den Favorite-Park, wo zahmes Damwild uns aus der Hand frißt. Die Kinder lieben die Tiere und verfüttern sogar ihre Schokolade. Sie finden Ludwigsburg interessanter als die Dahlke, die unsere einzige Abwechslung in Gütersloh war. Besuche uns bald, ja?

Daß mein Vater hier zur Schule gegangen ist, wie

Du schreibst, ahnte ich nicht. Überhaupt weiß ich zu wenig von ihm. Gibt es hier noch Verwandte? Seit Du mich daran erinnert hast, daß mein Vater Schwabe war, fühle ich mich nicht mehr als *Nei-g'schmeckte* (das Wort hat bei den Einheimischen keinen guten Klang), sondern als *Rückgeschmeckte* oder Heimkehrerin. Natürlich bleibt Berlin meine Heimatstadt, aber unsere Kinder werden als Schwaben aufwachsen, wie ihr Großvater. Ich denke, das würde ihn freuen, wenn er noch lebte.
Hier sind Familien mit mehreren Kindern keine Seltenheit. Ich werde nicht mehr wie ein seltenes Zoo-Tier angestarrt, wenn ich mit meinen Vieren spazieren gehe. Eine Nachbarin fragte, wie wir es finanziell schaffen, sechs Kinder großzuziehen. Das frage ich mich auch.
Die Leute lassen jeden nach seiner Fasson selig werden, man guckt in den eigenen Kochtopf und kehrt vor der eigenen Tür. Eine Ausnahme bildet die KEHRWOCHE – dann muß man vor fremden Türen kehren! Aber das trifft für uns Häuslebesitzer nicht zu: in unserem Scheibchen-Haus sind wir Alleinherrscher. Klein-aber-mein ist besser als groß-aber-dein . . . Gell, ich mausere mich zur Dichterin? Und das schwäbische ›gell‹ habe ich mir auch schon angewöhnt. Die Mädels nehmen die Sprache von Spielkameraden auf. Im Kindergarten und in der Schule wird man sie bald nicht mehr von bodenständigen Kindern unterscheiden. Kürzlich kam Karola zu mir und frage in gesittetem Hochdeutsch, ob sie

hinausgehen und mit Nachbars Ilse im Garten spielen dürfe. Als ich nickte, stürmte sie auf den Balkon und schrie der wartenden Freundin zu: »I derf!«
Ach, Mutti, ich könnte stundenlang weitererzählen, aber ich muß Schluß – und Abendbrot machen! Hannes meint, wir sollten Telefon haben, damit ich mich nicht so verlassen fühle und in Notfällen Hilfe herbeirufen kann. Ich weiß, wozu ich es am häufigsten brauchen werde: zu Anrufen in Berlin! Jeden Sonntag-Morgen – einverstanden? Darauf freut sich Deine Amelie.
P. S. Noch besser wär's, Du wärest bei uns. Wenn Jochen mit der Lehre fertig ist, will er in die große, weite Welt hinaus. Dann wird sein Dachzimmer frei – für Dich?«

* * *

Pfarrer Gralange ließ den Brief sinken.
»Das hat meine Tochter vor einem Jahr geschrieben«, sagte Thea Gregor. »Im Sommer bin ich zum ersten Mal nach Ludwigsburg gefahren, um die Kinder zu hüten, während Hannes und Amelie Urlaub machten – zum zweiten Mal in ihrer sechsjährigen Ehe. Hannes hatte noch ein Zelt aus seinen alten Pfadfindertagen; das warfen sie in die ›Juschka‹, außerdem einen zweiflammigen Kocher mit Propangasflasche, zwei Klapphocker und ein Plastikgefäß, in dem früher Waschpulver war, als Tischersatz, dazu Decken und Schlafsäcke. Sie fuhren in die Schweiz, runter bis zum Lago Maggiore, und sam-

melten Kraft und Campingerfahrung. Und noch etwas brachten sie aus dem Urlaub mit, aber das merkten sie erst später: Amelie war wieder schwanger. In einem ihrer Sonntagstelefonate sagte sie mir, sie freue sich auf ihr *Maiglöckchen* – so nannte sie das Werdende, da sie nicht wußte, ob es ein Mädchen oder ein Junge sein würde. Sie wünschte sich einen Jungen, weil Andy nicht als Kronprinz zwischen lauter Schwestern aufwachsen und womöglich zu sehr verwöhnt werden sollte. Zunächst ging auch alles gut, aber am 16. Januar, nach der Feier zum 44. Geburtstag ihres Mannes, klappte sie zusammen. Da wußte ich, was ich zu tun hatte: Über ein Inserat fand ich eine Käuferin für mein Damenheim. Kurz vor Martins Geburt zog ich zu meinen Kindern und Enkeln. Ich flicke und bügle, hüte Babys und helfe im Haus und . . . und . . . und. In fünf Jahren besuchen Sie mich zu meinem fünfundsiebzigsten Geburtstag. Dann erzähle ich Ihnen, wie's weitergeht.«

Der Pfarrer erhob sich und sah lächelnd auf die Jubilarin hinab. »Ich weiß jetzt, wie Ihre Geschichte heißen muß«, sagte er. »Ohne Oma geht es nicht.«

Er beugte sich über ihre Hand und freute sich aufs Wiederkommen.